活着，使自己心中的神不受摧残，不受伤害，免于痛苦和快乐，不虚伪，不欺瞒，并不感到需要别人做或不做任何事情。接受所有发生在自己身上的事情，接受所有分配给自己的份额，不管它们是什么。因为它们是从自己所来的地方来的。

命运并不在原因结果的规律之外，它不过是更深层的因果规律的表现。你以为此事是偶然的，便把它称作命运，其实只是因为你不知道此事之"法"在哪里罢了，这样说不算过分吧。

千古艰难唯一死，但生命却正是有了这天堑才得以开展，时间若是永远足够，任何事就没有非做不可的理由。

人只有承担责任才是自由的。这是生活的真谛。

文化名家系列

我的生与死

文化名家话生死

马明博　肖　瑶　选编

老树画画　图

中国青年出版社

目录

我的生与死

003　鲁　迅 — 死后

008　巴　金 — 死

019　丰子恺 — 秋

023　孙　犁 — 谈死

026　萧　乾 — 关于死的反思

033　苏雪林 — 当我老了的时候

039　黄苗子 — 遗嘱

043　史铁生 — 说死说活

053　净　慧 — 生活与生死

060　圣　严 — 生与死的尊严

069　一　行 — 你可以不怕死

074　白玛格桑 — 无常的人生

082　航　鹰 — 人生没有所有权，只有使用权

093　林谷芳 — 死生的寻常与不寻常

去留无意

死之求索

101　张中行 —— 死亡

108　周国平 —— 思考死：有意义的徒劳

127　索甲仁波切 —— 对临终关怀者的叮咛

143　列夫·托尔斯泰 —— 关于死亡

157　莫洛亚 —— 死亡的艺术

160　达摩难陀 —— 对死亡的恐惧

166　池田大作 —— 生与死

生之盛宴

173　季羡林 ── 时间之真昧

177　马可·奥勒留 ── 沉思录（节选）

190　巴克莱 ── 生与死

194　卡夫卡 ── 死亡完全是人类的事情

202　泰戈尔 ── 生与死

205　铃木大拙 ── 超自我的生活

奇生妙死

211　周作人 — 死之默想

215　林语堂 — 论不免一死

221　梁实秋 — 了生死

224　南　帆 — 死

228　苏格拉底 — 生之末之沉思

231　培　根 — 论死亡

轻轻地离去

237　冯友兰 —— 生死

243　叔本华 —— 死亡

248　雅斯贝尔斯 —— 死

252　萨　特 —— 论死亡

257　蒙　田 —— 不用惧怕死亡（节选）

267　毛　姆 —— 人死了之后

我的生与死

死后

鲁迅

我梦见自己死在道路上。

这是那里，我怎么到这里来，怎么死的，这些事我全不明白。总之，待到我自己知道已经死掉的时候，就已经死在那里了。

听到几声喜鹊叫，接着是一阵乌老鸦。空气很清爽，——虽然也带些土气息，——大约正当黎明时候罢。我想睁开眼睛来，他却丝毫也不动，简直不像是我的眼睛；于是想抬手，也一样。

恐怖的利镞忽然穿透我的心了。在我生存时，曾经玩笑地设想：假使一个人的死亡，只是运动神经的废灭，而知觉还在，那就比全死了更可怕。谁知道我的预想竟的中了，我自己就在证实这预想。

听到脚步声，走路的罢。一辆独轮车从我的头边推过，大约是重载的，轧轧地叫得人心烦，还有些牙齿齼。很觉得满眼绯红，一定是太阳上来了。那么，我的脸是朝东的。但那都没有什么关系。切切嚓嚓的人声，看热闹的。他们踹起黄土来，飞进我的鼻孔，使我想打喷嚏了，但终于没有打，仅有想打的心。

陆陆续续地又是脚步声，都到近旁就停下，还有更多的低语声：看的人多起来了。我忽然很想听听他们的议论。但同时想，我生存时说的什么批评不值一笑的话，大概是违心之论罢：才死，就露了破绽了。然而还是听；然而毕竟得不到结论，归纳起来不过是这样——

"死了？……"

"嗡。——这……"

"啍！……"

"啧。……唉！……"

我十分高兴，因为始终没有听到一个熟识的声音。否则，或者害得他们伤心；或则要使他们快意；或则要使他们添些饭后闲谈的材料，多破费宝贵的工夫；这都会使我很抱歉。现在谁也看不见，就是谁也不受影响。好了，总算对得起人了！

但是，大约是一个马蚁，在我的脊梁上爬着，痒痒的。我一点也不能动，已经没有除去他的能力了；倘在平时，只将身子一扭，就能使他退避。而且，大腿上又爬着一个哩！你们是做什么的？虫豸！？

事情可更坏了：嗡的一声，就有一个青蝇停在我的颧骨上，走了几步，又一飞，开口便舐我的鼻尖。我懊恼地想：足下，我不是什么伟人，你无须到我身上来寻做论的材料……。但是不能说出来。他却从鼻尖跑下，又用冷舌头来舐我的嘴唇了，不知道可是表示亲爱。还有几个则聚在眉毛上，跨一步，我的毛根就一摇。实在使我烦厌得不堪，——不堪之至。

忽然，一阵风，一片东西从上面盖下来，他们就一同飞开了，临走时还说——

"惜哉！……"

我愤怒得几乎昏厥过去。

木材摔在地上的钝重的声音同着地面的震动，使我忽然清醒，前额上感着芦席的条纹。但那芦席就被掀去了，又立刻感到了日光的灼热。还听得有人说——

"怎么要死在这里？……"

这声音离我很近，他正弯着腰罢。但人应该死在那里呢？我先前以为人在地上虽没有任意生存的权利，却总有任意死掉的权利的。现在才知道并不然，也很难适合人们的公意。可惜我久没了纸笔；即有也不能写，而且即使写了也没有地方发表了。只好就这样抛开。

有人来抬我，也不知道是谁。听到刀鞘声，还有巡警在这里罢，在我所不应该"死在这里"的这里。我被翻了几个转身，便觉得向上一举，又往下一沉；又听得盖了盖，钉着钉。但是，奇怪，只钉了两个。难道这里的棺材钉，是只钉两个的么？

我想：这回是六面碰壁，外加钉子。真是完全失败，呜呼哀哉了！……

"气闷！……"我又想。

然而我其实却比先前已经宁静得多，虽然知不清埋了没有。在手背上触到草席的条纹，觉得这尸衾倒也不恶。只不知道是谁给我化钱的，可惜！但是，可恶，收敛的小子们！我背后的小衫的一角皱起来了，他们并不给我拉平，现在抵得我很难受。你们以为死人无知，做事就这样地草率么？哈哈！

我的身体似乎比活的时候要重得多，所以压着衣皱便格外的不舒服。但我想，不久就可以习惯的；或者就要腐烂，不至于再有什么大麻烦。此刻还不如静静地静着想。

"您好？您死了么？"

是一个颇为耳熟的声音。睁眼看时，却是勃古斋旧书铺的跑外的小伙计。不见约有二十多年了，倒还是一副老样子。我又看看六面的壁，委实太毛糙，简直毫没有加过一点修刮，锯绒还是毛毿毿的。

"那不碍事，那不要紧。"他说，一面打开暗蓝色布的包裹来。"这是明板《公羊传》，嘉靖黑口本，给您送来了。您留下他罢。这是……"

"你！"我诧异地看定他的眼睛，说，"你莫非真正胡涂了？你看我这模样，还要看什么明板？……"

"那可以看，那不碍事。"

我即刻闭上眼睛，因为对他很烦厌。停了一会，没有声息，他大约走了。但是似乎一个马蚁又在脖子上爬起来，终于爬到脸上，只绕着眼眶转圈子。

　　万不料人的思想，是死掉之后也会变化的。忽而，有一种力将我的心的平安冲破；同时，许多梦也都做在眼前了。几个朋友祝我安乐，几个仇敌祝我灭亡。我却总是既不安乐，也不灭亡地不上不下地生活下来，都不能副任何一面的期望。现在又影一般死掉了，连仇敌也不使知道，不肯赠给他们一点惠而不费的欢欣。……

　　我觉得在快意中要哭出来。这大概是我死后第一次的哭。

　　然而终于也没有眼泪流下；只看见眼前仿佛有火花一闪，我于是坐了起来。

一九二五年七月十二日

死　巴金

　　像斯芬克司的谜那样，永远摆在我眼前的是一个字——死。

　　想了解这个字的意义，感觉到这个字的重量，并不是最近才有的事。我如从忙碌的生活中逃出来，躲在自己的房间里，静静地思索片刻，像一个旁观者似的回溯我的过去，我便发现在一九二八年我的日记的断片中，有两段关于死的话。一段的大意是：忽然想到死，觉得死逼近了，但自己却不甘心这样年轻地就死去。自己用了最大的努力跟死挣扎，后来终于把死战胜了。

另一段的大意是：今天一个人在树林中散步，忽然瞥见了死，心中非常安静，觉得死也不过如此。……我那时为什么要写这样的话？当时的心情经过八九年岁月的磨洗，已经成了模糊的一片。我记得的是那时过着秋水似的平静的生活，地方是法国玛伦河畔的一个小城镇。在那里我不会看见惊心动魄的惨剧。我所指的"死"多半是幻象。

幻象有时也许比我所看见的情景更真切。我自小就见过一些人死。有的慢慢地死去，有的死得快。但给我留下的却是同样的不曾被人回答的疑问：死究竟是什么？我常常好奇地想着我要来探求这个秘密。然而结果我仍是一无所得。没有一个死去的人能够回来告诉我死究竟是怎么一回事情。

有时我一个人关在房里，夜晚不点灯，我静静地坐在椅子上，两只眼睛注意地望之黑暗。我什么也看不见。但是我依旧注意地望着。我也不用思想。这时死自然地来了，但也只是一刹那间的事，于是它又飘飘然走了。死并不可怕。自然死也不能引诱人。死是有点寂寞的。岂止有点寂寞，简直是十分寂寞。

我那时的确是一个不近人情的孩子（以后自然也是）。我把死看作一个奇异的所在。我一两次大胆地伸了头在那半掩着的门前一望。门里是一片漆黑。我什么东西都看不见。这探求似乎是徒然的。

有一次我和死似乎隔得很近。那是在成都发生巷战的时候。其实说巷战，还不恰当，因为另一方面的军队是在城外。城外军队用大炮攻城，炮弹大半落在我们家里，好几间房屋毁坏了，到处都是灰尘，我们时时听见的大炮声、屋瓦振落声与家人惊叫声。一家人散在四处，无法聚在一起，也不知道彼此的生死。我记得清楚，那是在一九二三年二月十二日（阴历），也就是所谓"花朝"（百花生日），午前十一点钟的光景。我起初还在大厅上踱着，后来听说家里的人大半都躲到后面新花园里去了，我便跑到书房里去。教书先生在那里，不过没有学生读书。不久三哥也来了。我们都不说话，静静地听着炮声。窗外是花园，从玻璃窗望出去，玉兰花刚开放，满树满枝的白玉花朵已经引不起我们的注意。他们垂着头坐在书桌前面。我躺在床上，头靠着床背后的板壁。炮弹带着春雷似的巨响从屋顶上飞过。我想，这一次它会落到我的头上来吧。只要一瞬的工夫，我便会落在黑暗里，从此人和我隔了一个世界，留给我的将是无穷的寂寞。这时我的确感到很大的痛苦。死并不使我害怕。可怕的是徘徊在生死之间的那种不定的情形。我后来想，倘使那时真有一个炮弹打穿屋顶，向着我的头落下来，我会叫一声"完了"，就放心地闭上了眼睛，不会有别的念头。我用了"放心地"三个字，别人也许觉得奇怪。但实际上紧张的心情突然松弛了，什么留恋、担心、恐怖、悔恨、希望，一刹那间全都消失得干干净净，那时心中确实是空无一物。爱德华·加本特在他的一本研究爱与死的书里说"在大多数的场合中，它（指死）是和平的、安静的，还带着一种深的放心的感觉"，这是很有理由的。

我还见过一次简单的死。川、黔军在成都城内巷战的时候，对门公馆里的一个轿夫（或者是马弁，因为那家的主人是什么参议、顾问之类）站在我家门前的太平缸旁边，跟人谈闲话。一颗子弹落在街心，再飞起来，打进了那个人的胸膛。他轻轻叫了一声，把手抚着胸倒在地上。什么惊人的动作也没有。他完结了，这么快，这么容易。这一点也不可怕，我又想起加本特的话来了。他说死人的脸上有时还闪着一种忘我的光辉，好像新的生命已经预先投下它的光辉来了。他甚至在战地遗尸的脸上见过这样的表情。他以为死是生命的变形内的生命的解脱。

据说加本特的研究方法是科学的，但是"死"这个谜到现在为止似乎还不曾得到一个确定的解答。我更爱下面的一种说法：死是"我"的扩大。死去同时也就是新生，那时这个"我"渗透了全宇宙和其他的一切东西。山、海、屋、树都成了这个人的身体的一部分，这一个人的心灵和所有的生物的心灵接触了。这种经验是多么伟大，多么光辉，在它的面前一切小的问题和疑惑都消失了。这才是真正的和平，真正的休息。

这自然是可能的。我有时也相信这种说法。但是这种说法毕竟太美丽了。而且我不曾体验到这样的一个境界。我想到"死"的时候，从没有联想到这一个死法。我看见的是黑的门，黑的影子。倒是有一两次任何事情都不去想的时候，我躺在草地上，望着傍晚的天空和模糊的山影，树影，我觉得自己并不存在了，我与周围的一切合一起变成了一样东西。然而这感觉很快地就消失了。要把它捉回来，简直不可能。但这和死完全没有关系，并不能证实前面的那种说法。

我忽然想起了一件事。我在前面说过没有一个死了的人能够回来告诉我关于死的事情。对于这句话我应该加以更正。我有一个朋友患伤寒症曾经死过几小时，后来被一位名医救活了。在国外的几个友人还为他开过一个追悼会。他后来对我谈起他的死，他说他那时没有一点知觉，死就等于无梦的睡眠。加本特认识一位太太，她患重病死了两三个钟头，家人正要给她举办丧事，她忽然活转来了，此后她又活了三四年。据说她对于死也没有什么清晰的感觉。但有一点她和我那位朋友不同。她是一个意志力极坚强的女人，她十分爱她的儿女，她不能舍弃他们，所以甚至在这无梦的睡眠中她还保持着她的"求生的意志"。这意志居然战胜了死，使她多活了几年。诗人常说"爱征服死"。爱的确可以征服死，这里便是一个证据。若就我那位朋友的情形来说，那却是"科学把死征服"了。

　　像这样的事情倒是我们常常会遇见的。然而从死过的人的口里我们却不曾听过一句关于死的恐怖的话。许多人在垂危的病中挣扎地叫着"我不要死"，可是等到死真的来了时，他（或她）又顺服地闭了眼睛。的确这无梦的睡眠，永久的安息，是一点也不可怕的。可怕的倒是等死。而且还是周围那些活着的人使"死"成为可怕的东西。那些眼泪，那些哭声，那些悲戚的面容……使人觉得死是一个极大的灾祸。而天堂地狱等等的传说更在"死"上面罩了一个可怕的阴影。我在小孩时代就学会了怕死。别的许多人的遭遇和我的不会相差多远。

　　世间不知道有多少人因为怕死甘愿低头去做种种违背良心的事情。真正视死如归的勇士是不多见的。像耶稣被钉在十字架，布鲁诺上火柱……像这样毫不踌躇地为信仰牺牲生命的古往今来能有几人！

　　人怕死，就因为他不知道死，同时也因为不知道他自己。其实他所害怕的并不是死。我读过一部通俗小说，写一个被百口称作懦夫的人怎样变成勇敢的壮士。这是一个临阵脱逃的军官。别人说他怕死，他自己也以为他怕死。后来为环境所迫，他才发现自己的真面目。他并不是一个怕死的人，他怕的却是"怕死"的"怕"字。他害怕自己到了死的时候会现出怯懦的样子，所以他逃避了。后来他真正和死面对面时却没有丝毫的畏惧。许多人的情形大概都和这个军官的类似。真正怕死的人恐怕也是很少很少的吧。倘使大家都能够明白这个，那么遍天下皆是勇士了。

　　“死”不仅是不可怕，它有时倒是值得愿望的，因为那才是真正的休息，那才是永久的和平。正如俄国政治家拉吉穴夫所说："不能忍受的生活应该用暴力来毁掉。"一些人从"死"那里得到了拯救。拉吉穴夫自己就是服毒而死的（在一八〇二年）。还有俄罗斯的女革命家，"五十人案"中的女英雄苏菲·包婷娜后来得了不治之病，知道没有恢复健康的希望了，她不愿意做一个靠朋友生活的废人，便用手枪自杀。那是一八八三年的事情。去年夏天《狱中记》的作者柏克曼在法国尼斯用手枪结束了自己的生命。他患着重病，又为医生所误，两次的手术都没有用。他的目力也坏了。他不能够像残疾者那样地过着日子。所以有一次在他发病的时候，他的女友出去为他请医生，躺在病床上的他却趁这个机会拿手枪打了自己。四十四年前他的枪弹不曾打死美国资本家亨利·福利克，这一次却很容易地杀死了他自己。在他留下的短短的遗书里依旧充满着爱和信仰。他这个人虽然只活了六十几岁，但他确实是知道怎样生，知道怎样死的。

　　在这样的行为里面，我们看不见一点可怕或者可悲的地方。死好像只是一件极平常、极容易、极自然的事情。甚至在所谓"卡拉监狱的悲剧"里，也没有令人恐怖的场面。我们且看下面的记载：

　　……波波何夫与加留席利二人都吞了三倍多的吗啡，很快地就失了知觉。夜里波波何夫还醒过一次。他听见加留席利喉鸣，他想把加留席利唤醒。他抱着他的朋友，在这个朋友的脸上狂吻了许久。后来他看见这个朋友不会再醒了，他又抓了一把鸦片烟吞下去，睡倒在加留席利的身边，永闭了眼睛。

谁会以为这是一个令人伤心断肠的悲剧呢？多么容易，多么平常（不过对于生者当然是很难堪的）。美国诗人惠特曼在美国内战的时期，曾在战地医院里服务，他一定见过许多人死，据他说在许多场合中"死"的到来是十分简单的，好像是日常生活里一件极普通的事情，"就像用你的早餐一样"。

关于"死"的事情我写了八张原稿纸。我把问题整个地想了一下，我觉得我多少懂得了一点"死"。其实我果真懂得"死"吗？我自己也没有胆量来下一个断语。我的眼光正在书堆中旅行，它忽然落到了一本日文书上面，停住了。我看书脊上的字：

《死之忏悔》古田大次郎

我不觉吃了一惊。贯穿着这一本将近五百页的巨著的不就是同样的一个"死"字么？

"死究竟是什么呢？"

那个年轻的作者反复地问道。他的态度和我的是不相同的。他并不是一个作家，此外也不曾写过什么东西。其实他也不能够再写什么东西，这部书是他在死囚牢中写的日记，等原稿送到外面印成书时，作者已经死在绞刑台上了。我见过一张作者的照片，是死后照的。是安静的面貌，一点恐怖的表情也没有。不像是死，好像是无梦的睡眠。看见这照片就想到作者的话："一切都完了，然而我心里并没有受到什么打击，很平静的。像江口君的话，既然到了那个地步，不管是苦，不管是烦闷，我只有安然等候那死的到临。"这个副词"安然"用得没有一点夸张。他的确是安然死去的。他上绞刑台的时候，怀里揣着他妹妹寄给他的一片树叶，和他生前所喜欢的一只狗和一只猫的照片。这样地怀着爱之心而死，就像一个人带着宽慰的心情静静地睡去似的。这安然的死应该说是作者的最后胜利。

　　然而我读了这两百多天的日记，我想到一个二十六岁的青年在狱中等死的情形，我在字句间看出了一个人的内心的激斗，看出了血和泪的交流。差不多每一页、每一段上都留着挣扎的痕迹。作者能够达到那最后的胜利，的确不是容易的事。

　　　"我感着生的倦怠么？不！"
　　　"对于死的恐怖呢？曾经很厉害地感着。现在有时感到，有时感不到。把死忘记了的时候居多。只是死的瞬间的痛苦还是有点可怕。"

　　作者这样坦白地承认着。他常常在写下了对于死的畏惧以后，又因为发觉自己的懦弱而说些责备自己的话。然而在另一处他却欣喜地发现：

　　"死是不可思议的，然而也是伟大的。"

后来作者又疑惑地问道：

　　"死果然是一切的终结吗？死果然会赔偿一切吗？我为什么要怕死呢？"
　　"死并不可怕，只是非常寂寞。我为什么憎厌临死的痛苦呢？我想那样的痛苦是不会有的吧。"
　　"我想保持着年轻的身体而死去。"

　　我不想再引下去了。作者是那样一个厚于人情的青年，他有慈祥的父亲，又有可爱的妹妹，还有许多忠诚的友人。要他把一切决然抛弃，安然攀登绞刑台，走入那寂寞的永恒里，这的确不是片刻的工夫所能做到的。这两百多天的日记里充满着情感的波动。我们只看见那一起一伏，一潮一汐。倘使我们不小心翼翼一步一步地追随作者的笔，我们就不能了解作者的心情。
　　只有二十六岁的年纪。不愿意离开这个世界，而又不得不离开。不想死，而被判决了死刑。一天天在铁窗里面计算日子，等着死的到来。在等死的期间想象着那个未知的东西的面目，想象着它会把他带到什么样的境界去。在这种情形下写成的《死之忏悔》，我们可以用一个"死"字来包括。他谈死，他想了解死，他觉到死的重量，和我完全不同。他的文字才是充满着血和泪的。在那本五百页的大书里作者古田提出许多疑问，写出许多揣想，作者无一处不论到死，或者暗示到死。然而我却找不到一个确定的答案，一个结论。

其实这个答案，这个结论是有的，却不在这本书里面，这就是作者的死。这个死给他解答了一切的问题，也给我解答了一切的问题。

古田大次郎为爱而杀人，而被杀，以自己的血偿还别人的血，以自己的痛苦报偿别人的痛苦。他以一颗清纯的心毫不犹豫地攀登了绞刑台。死赔偿了一切。死拯救了一切。

我想："他的永眠一定是安适而美满的吧。"我突然想起五十年前芝加哥劳工领袖阿·帕尔森司上绞刑台前作的诗了：

到我的墓前不要带来你们的悲伤，

更不要带来惊惧和恐慌。

我的嘴唇已经闭了时，

我不愿你们这样来到我的坟场。

我不要送葬的马车排列成行，

我不要送丧的马队，

头上羽毛飘动荡漾。

我静静地放我的手在胸上，

且让我和平地安息在墓场。

不要用你们的怜悯来侮辱我的死灰，

要知道你们还留在荒凉的彼岸，

你们还要活着忍受灾祸与苦辛。

我静静地安息在坟墓里面，

只有我才应该来怜悯你们。

人世的烦愁再不能萦绕我心，

我也不会再有困苦和悲痛的感情，

一切苦难都已消去无影。

我静静地安息在坟墓内，

我如今只有神的光荣。

可怜的东西，这样惧怕黑暗，

对于将临的惨祸又十分胆寒。

看我是何等从容地回到家园！

不要再敲你们的丧钟，

我现在已意足心满。

这篇短文并不是"死之礼赞"。我虽然写了种种关于"死"的话，但是我愿意在这里坦白地承认：

"我还想活！"因为我正如小说《朝影》中的青年奈司拉莫夫所说："我爱阳光，天空，春光，秋景；我爱青春，以及自然母亲所给予我们的和平与欢乐。……"

一九三七年三月在上海

秋

丰子恺

　　我的年岁上冠用了"三十"二字，至今已两年了。不解达观的我，从这两个字上受到了不少的暗示与影响。虽然明明觉得自己的体格与精力比二十九岁时全然没有什么差异，但"三十"这一个观念笼在头上，犹之张了一顶阳伞，使我的全身蒙了一个暗淡色的阴影，又仿佛在日历上撕过了立秋的一页以后，虽然太阳的炎威依然没有减却，寒暑表上的热度依然没有降低，然而只当得余威与残暑，或霜降木落的先驱，大地的节候已从今移交于秋了。

实际，我两年来的心情与秋最容易调和而融合。这情形与从前不同。在往年，我只慕春天。我最欢喜杨柳与燕子，尤其欢喜初染鹅黄的嫩柳。我曾经命名自己的寓居为"小杨柳屋"，曾经画了许多杨柳燕子的画，又曾经摘取秀长的柳叶，在厚纸上裱成各种风调的眉，想象这等眉的所有者的颜貌，而在其下面添描出眼鼻与口。那时候我每逢早春时节，正月二月之交，看见杨柳枝的线条上挂了细珠，带了隐隐的青色而"遥看近却无"的时候，我心中便充满了一种狂喜，这狂喜又立刻变成焦虑，似乎常常在说："春来了！不要放过！赶快设法招待它，享乐它，永远留住它。"我读了"良辰美景奈何天"等句，曾经真心地感动，以为古人都太息一春的虚度，前车可鉴！到我手里绝不放它空过了。最是逢到了古人惋惜最深的寒食清明，我心中的焦灼便更甚。那一天我总想有一种足以充分酬偿这佳节的举行。我准拟作诗、作画，或痛饮、漫游。虽然大多不被实行；或实行而全无效果，反而中了酒，闹了事，换得了不快的回忆；但我总不灰心，总觉得春的可恋。我心中似乎只有知道春，别的三季在我都当做春的预备，或待春的休息时间，全然不曾注意到它们的存在与意义。而对于秋，尤无感觉：因为夏连续在春的后面，在我可当做春的过剩；冬先行春的前面，在我可当做春的准备；独有与春全无关联的秋，在我心中一向没有它的位置。

自从我的年龄告了立秋以后，两年来的心境完全转了一个方向，也变成秋天了。然而情形与前不同：并不是在秋日感到像昔日的狂喜与焦灼。我只觉得一到秋天，自己的心境便十分调和。非但没有那种狂喜与焦灼，且常常被秋风秋雨秋色秋光所吸引而融化在秋中，暂时失却了自己的所在。而对于春，又并非像昔日对于秋的无感觉。我现在对于春非常厌恶。每当万象回春的时候，看到群花的斗艳，蜂蝶的扰攘，以及草木昆虫等到处争先恐后地滋生繁殖的状态，我觉得天地间的凡庸、贪婪、无耻与愚痴，无过于此了！尤其是在青春的时候，看到柳条上挂了隐隐的绿珠，桃枝上着了点点的红斑，最使我觉得可笑又可怜。我想唤醒一个花蕊来对它说："啊！你也来反复这老调了！我眼看见你的无数的祖先，个个同你一样地出世，个个努力发展，争荣竞秀；不久没有一个不憔悴而化泥尘。你何苦也来反复这老调呢？如今你已长了这蘖根，将来看你弄娇弄艳、装笑装釁，招致了蹂躏、摧残、攀折之苦，而步你的祖先们的后尘！"

实际，迎送了三十几次的春来春去的人，对于花事早已看得厌倦，感觉已经麻木，热情已经冷却，绝不会再像初见世面的青年少女地为花的幻姿所诱惑而赞之、叹之、怜之、惜之了。况且天地万物，没有一件逃得出荣枯、盛衰、生灭、有无之理。过去的历史昭然地证明着这一点，无须我们再说。古来无数的诗人千篇一律地为伤春惜花费词，这种效颦也觉得可厌。假如要我对于世间的生荣死灭费一点词，我觉得生荣不足道，而宁愿欢喜赞叹一切的死灭。对于死者的贪婪、愚昧，与怯弱，后者的态度何等谦逊、悟达，而伟大！我对于春与秋的舍取，也是为了这一点。

夏目漱石三十岁的时候，曾经这样说："人生二十而知有生的利益；二十五而知有明之处必有暗；至于三十的今日，更知多之处暗亦多，欢浓之时愁亦重。"我现在对于这话也深抱同感；有时又觉得三十的特征不止这一端，其更特殊的是对于死的体感。青年们恋爱不遂的时候惯说生生死死，然而这不过是知有"死"的一回事而已，不是体感。犹之在饮冰挥扇的夏日，不能体感到围炉拥衾的冬夜的滋味。就是我们阅历了三十几度寒暑的人，在前几天的炎阳之下也无论如何感不到浴日的滋味。围炉、拥衾、浴日等事，在夏天的人的心中只是一种空虚的知识，不过晓得将来须有这些事而已，但是不能体感它们的滋味。须得入了秋天，炎阳逞尽了威势而渐渐退却，汗水浸胖了的肌肤渐渐收缩，身穿单衣似乎要打寒噤，而手触法郎绒觉得快适的时候，于是围炉、拥衾、浴日等知识方能渐渐融入体验界中而化为体感。我的年龄告了立秋以后，心境中所起的最特殊的状态便是这对于"死"的体感。以前我的思虑真疏浅！以为春可以常在人间，人可以永在青年，竟完全没有想到死。又以为人生的意义只在于生，我的一生最有意义，似乎我是不会死的。直到现在，仗了秋的慈光的鉴照，死的灵气钟育，才知道生的甘苦悲欢，是天地间反复过亿万次的老调，又何足珍惜？我但求此生的平安的度送与脱出而已。犹之罹了疯狂的人，病中的颠倒迷离何足计较？但求其去病而已。

我正要搁笔，忽然西窗外黑云弥漫，天际闪出一道电光，发出隐隐的雷声，骤然洒下一阵夹着冰雹的秋雨。啊！原来立秋过得不多天，秋心稚嫩而未曾老练，不免还有这种不调和的现象，可怕哉！

谈死

孙犁

国庆节，帮忙的人休息，儿子来给我做饭，饭后我和他闲谈。

我说，你看，近来有很多老人，都相继倒了下去。老年人，谁也不知道，会突然发生什么变故。我身体还算不错，这是意外收获。但是，也应该有个思想准备。我没有别的，就是眼前这些书，还有几张名人字画。这都是进城以后，稿费所得，现在不会有人说是剥削来的了。书，大大小小，有十个书柜，我编了一个草目。

书，这种东西，历来的规律是：喜欢它的人

不在了，后代人就把它处理掉。如果后代并不用它，它就是闲物，而且很占地方。你只有两间小房，无论如何，是装不下的。我的书，没有多少珍本，普通版本多。当时买来，是为了读，不是为了买古董，以后赚钱。现在卖出去，也不会得到多少钱。

这些书，我都用过，整理过，都包有书皮，上面还有我胡乱写上的一些字迹，卖出去不好。最好是捐献给一个地方，不要糟蹋了。

当然捐献出去，也不一定就保证不糟蹋，得到利用。一些图书馆，并不好好管理别人因珍惜而捐献给他们的书。可以问问北京的文学馆，如果他们要，可能会保存得好些。但他们是有规格的，不一定每个作家用过的书，都被收存。

字画也是这样。不要听吴昌硕多少钱一张，齐白石又多少钱一张，那是卖给香港和外国人的价。国家收购，价钱也有限。另外，我也就只有几张，算得上文物，都放在里屋靠西墙的大玻璃柜中，画目附在书籍草目之后，连同书一块送去好了。

儿子默默地听着，一句话也没有说。大节日，这样的谈话，也不好再继续下去，我也就结束了自己的唠叨。儿子对一些问题，会有自己的想法。我的话，只能供他参考。我死后，他也会自作主张，他已经是四十多岁的人了。

我有些话，是不愿也不忍和他说的。比如近来读到的，白居易的两句诗："所营惟第宅，所务在追游"，在我心中引起的愤慨。还有，前些日子，一位老同志晚间来访，谈到一些往事，最后，他激动地拍着两手，对我说："看看吧。我们的手上，没有沾着同志们的血和泪！"在我心中引起的伤痛，就不便和孩子们讲。就是说了，孩子们也不会了解我们这一代人的心情的。

　　其实，生前谈身后的事，已是多余。侈谈书画，这些云烟末节，更近于无聊。这证明我并不是一个超脱的人，而是一个庸俗的人。曾子一生好反省，临死还说："启吾手，启吾足。"他只能当圣人或圣人的高足，是不会有什么作为的。历代的英雄豪杰，当代的风流人物，是不会反省的。不只所作所为，他一生中说过什么话，和写过什么文章也早已忘记得干干净净了。

　　王羲之说："死生亦大矣。"所以他常服用五石散，希望延长寿命，结果促短了寿命。苏东坡一生达观，死前也感到恐怖。僧人叫他身往西方极乐世界，他回答说实在没有着力处。

　　总之，生，母子虽经过痛苦，仍是一种大的欢乐；而死，不管你怎样说，终归是一件使人不愉快的事。

　　在大难之前，置生死于度外，这样的仁人志士，在中国，历代多有。在近代史上，瞿秋白同志就义前的从容不苟，是最使后人凛凛的人。毕命之令下，还能把一首诗写完。刑场之上谈笑自若。这都是当时《大公报》的记载，毫无私见，十分客观。而"四人帮"的走狗们，妄图把他比作太平天国的李秀成，不知是何居心。这些虫豸，如果不把一切人一切事物，都贬低，都除掉，他们的丑恶形象是显现不出地表的。而一旦暴露在光天化日之下，他们又迅速灭亡了。这是另一种人、另一种心理的死亡。他们的身上和手上，沾满和浸透了人民和革命者的血和泪。

一九八五年十月十八日

关于死的反思
—— 兼为之唱一赞歌

萧乾

　　死对我并不陌生。还在三四岁上，我就见过两次死人：一回是我三叔，另一回是我那位卖烤白薯的舅舅。印象中，三叔是坐在一张凳子上咽的气。他的头好像剃得精光，歪倚在婶婶胸前。婶婶一边摆弄他的头，一边颤声地责问："你就这么狠心把我们娘儿几个丢下啦！"接着，那脑袋就耷拉下来了。后来，每逢走过剃头挑子，见到有人坐在那里剃头，我就总想起三叔。舅舅死得可没那么痛快。记得他是双脚先肿的。舅母泪汪汪地对我妈说："男怕穿靴，女怕戴帽。我看他是没救了。"果然，没几天他就蹬了腿儿。

真正感到死亡的沉痛，是当我失去自己妈妈的那个黄昏。那天恰好是我生平第一次挣钱——地毯房发工资。正如我在《落日》中所描绘的，那天一大早上工时，我就有了不祥的预感。妈一宿浑身烧得滚烫，目光呆滞，已经不大能言声儿了。白天干活我老发愣。发工资时，洋老板刚好把我那份给忘了。我好费了一番周折才拿到那一块五毛钱。我一口气就跑到北新桥头，胡乱给她买了一蒲包干鲜果品。赶回去时，她已经双眼紧闭，神志迷糊，在那里捯气儿哪。我硬往她嘴里灌了点荔枝汁子。她是含着我挣来的一牙苹果断的气。

登时我就像从万丈悬崖跌下。入殓时，有人把我抱到一只小凳子上，我喊了她最后一声"妈"——亲友们还一再叮嘱我可不能把泪滴在她身上。在墓地上，又是我往坟坑里抓的第一把土。离开墓地，我频频回首：她就已经成为一个尖尖的土堆了。从那以后，我就开始孤身在茫茫人海中漂浮。

我的青年时期大部分是在战争中度过的，死人还是见了不少。"八一三"事变时，上海大世界和先施公司后身掉了两次炸弹，我都恰好在旁边。我命硬，没给炸着。可我亲眼看到一辆辆大卡车把血淋淋的尸体拉走。伦敦的大轰炸就更不用说了。

死究竟是咋回事？咱们这个民族讲求实际，不喜欢在没有边际的事上去费脑筋。"未知生焉知死！"十分干脆。英国早期诗人约翰·邓恩曾说："人之一生是从一种死亡过渡到另一种死亡。"这倒有点像庄子的"生也死之徒，死也生之始"，都把生死看作连环套。

文学作品中，死亡往往是同恐怖联系在一起的。它不是深渊，就是幽谷。但丁的《神曲》与密尔顿的《失乐园》中的地狱同样吓人。英国作家中，还是哲人培根来得健康。他认为死亡并不比碰伤个指头更为痛苦，而且人类许多感情都足以压倒或战胜死亡。"仇隙压倒死亡，爱情蔑视死亡，荣誉感使人献身，巨大的哀痛使人扑向死亡。"他蔑视那些还没死就老在心里嘀咕死亡的人，认为那是软弱怯懦，并引用朱维诺的话说，死亡是大自然赐给人类的恩惠之一，它同生命一样，都是自然的产物。"人生最美的挽歌莫过于当你在一种有价值的事业中度过了一生。"这与司马迁的泰山与鸿毛倒有些异曲同工之妙。

死亡，甚至死的念头，一向离我很远。第一次想到死是在一九三〇年的夏天。其实，那也只在脑际闪了一下。那是当《梦之谷》中的"盈"失踪之后，我孤身一人坐了六天六夜的海船，经上海、塘沽回到北京的那次。那六天我不停地在甲板上徘徊，海浪朝我不断龇着白牙。作为统舱客，夜晚我就睡在甲板上。我确实冒出过纵身跳下去的念头。挽住我的可并不是什么崇高的理想。我只是想，妈妈自己出去佣工把我拉扯这么大，我轻生可对不起她。我又是个独子，这就仿佛非同一般。其实，归根结底，还是我对生命有着执著的爱，那远远超出死亡对我的诱惑。

只有在一九六六年的仲夏，死才第一次对我显得比生更为美丽，因为那样我就可以逃脱无缘无故的侮辱与折磨。坐在牛棚里，有一阵子我成天都在琢磨着各种死法。我还总想死个周全，妥善，不能拖泥带水。首先就是不能牵累家人。为此，我打了多少遍腹稿，才写出那几百字无懈可击的遗嘱。我还要确保死就死个干脆，绝不可没死成反而落个残疾。我甚至还想死个舒服。所以最初我想投河自尽：两口水咽下去，就人事不省了。那天下午我骑车到自己熟稔的青年湖去，可那里满是戴红箍的。我也曾想从五层楼往下跳，并且还勘察过——下面倒是洋灰地，但我仍然不放心。所以那晚我终于采取了双重保险的死法：先吞下一整瓶安眠药，再去触电。我怕家人因救我而触电，所以还特意搬出孩子们写作业的小黑板，用粉笔写上"有电"两个大字，我害怕临时对自己下不去手，就先灌下半瓶二锅头才吞安眠药的。没等我扎到水缸里去触电，就倒下失掉了知觉。

我真有一副结实的胃！也谢谢隆福医院的那位大夫。十二个小时以后，我又坐在出版社的食堂里啃起馒头了。对于又重返人世，我感到庆幸，尽管周围的红色恐怖没有什么改变。我太热爱生活了，那次自尽是最大的失误。我远远地朝着饭厅另一端也在监视之下、可望而不可即的洁若发誓：我再也不寻死了。

从一九六六年到今，又快三十年了。我越活越欢势，尤其当我记起自己这条命——这段辰光，真正是白白捡来的。当年，隆福医院的大夫满可以不收我这个"阶级敌人"，勒令那辆平板三轮把我拉走了事。那时，这样做还最合乎立场鲜明的标准。即便勉强收下，也尽可以马马虎虎，敷衍了事。没有人会为一个"阶级敌人"给自己找麻烦。然而那位正直的大夫却收下了我。当然，他（她）只好在我的病历上写下了"右派畏罪自杀"几个字（我是后来看到的）。这是必要的自卫措施。但是他（她）认真地为我洗了胃，洗得干干净净。

人在一场假死之后，对于生与死有了崭新的认识。从此，它使我正确地面对人生了。死，这个终必到来的前景，使我看透了许多，懂得生活中什么是可珍贵的，什么是粪土；什么持久，什么是过眼浮云。我再也不是雾里看花了，死亡使生命对我更成为透明的了。

死亡对我还成为一个巨大的鞭策力量。所以一九七九年重新获得艺术生命之后，我才对自己发誓要"跑好人生这最后一圈"。"最后"二字就意味着我对待死亡的坦荡胸怀。我清醒地知道剩下的时间不会很长了。我并不把死看做深渊或幽谷。它只不过是运动场上所有跑将必然到达的终点，也即是天下没有不散的筵席。所以在医院里散步每走过太平间，我一点也不胆怯。两次动全身麻醉的大手术，我都是微笑着被推入手术室的。心里想，这回也许是终点，也许还不是。及至开完刀，人又活过来之后，我就继续我的跑程。

我的姿势不一定总是好的，有时还难免会偏离了跑线。然而我就像一匹不停蹄的马，使出吃奶的劲头来跑。三十年代上海有过跑狗场，场上，一个电动的兔子在前头飞驰，狗就在后边追。死亡之于我，就如跑道上的电兔子和追在后边的那只狗。

有人会纳闷我何以在写完《未带地图的旅人》之后，还有兴致又写了文学回忆录。一九五七年大小报纸对我连篇累牍地揭批以及那位顶头上司后来写的《萧乾是个什么人》，对我起了激励作用。我就是要认认真真地交代一下自己。

这十二年，我同洁若真是马不停蹄地爬格子。就连在死亡边缘徘徊的那八个月，肾部插着根橡皮管子，我也没歇手，还是把《培尔·金特》赶译了出来。当时我确实是在跟死亡拼搏，无论如何不愿丢下一部未完成的译稿。是死神促使我奋力把它完成。

我已经好几年没进百货公司了，却热衷于函购药物及医疗器械。我想尽可能延年益寿。每逢出访或去开会，能直直地躺在宾馆的大洋瓷澡盆里痛痛快快地洗个热水澡，固然是一种有益于健康的享受，我却不愿意为此而搬家，改变目前的平民生活。

我酷爱音乐，但只愿守着陪我多年的双卡半导体，无意添置一套音响设备。奇怪，人一老，对什么用过多年的旧东西都产生了执著的感情。

既然儿女都不急于结婚，我膝下至今没有第三代。但我身边有一簇喊我"萧爷爷"的年轻人，他们不时来看我，我从他们天真无邪的言谈笑声中，照样也得到温馨的快乐。

死亡的必然性还使我心胸豁达，懂得分辨生活中各种事物的性质和分量，因而对身外之物越看越淡。我经常对自己也对家人说："什么也带不了走！"物质上下论占有多少，荣誉的梯阶不论爬得多高，最终也不过化为一撮骨灰。倒是每听到一支古老而优美的曲子就想：哪怕一生只创作出一宗悦耳、悦目或悦心的什么，能经得起时间的磨损，也不枉此生。在自己的生活位置上尽了力，默默无闻地做了有益于同类的事，撒手归去，也会心安理得。

在跑最后一圈时，死亡这个必将使我与家人永别的前景，还促进了家庭中的和睦。由于习惯或对事物想法的差异，紧密生活在一起的家人有时难免会产生一瞬间的不和谐。遇到这种时刻和场合，最有力的提醒就是"咱们还能再相处几年啦！"任何扣子都能在这一前景下迎刃而解，谁也不愿说日后会懊悔的话，或做那样的事。

怕死，以为人可以永远不死或者死后还能带走什么，都是彻头彻尾的唯心主义。死亡神通广大，它能促使人奋勇前进，又能看透事物本质。我想来想去，唯一的解释就是：死亡的前景最能使人成为唯物主义者，因而也就无所畏惧了。"人只有一辈子好活。"认识了死，才能活得更清醒，劲头更足，更有目标。

愿与天下老人共勉之。

一九九二年二月五日

当我老了的时候

苏雪林

　　我的同学某女士常对人说，她平生最不喜接近的人物为老人，最讨厌的事为衰迈，她宁愿于红颜未谢之前，便归黄土；不愿以将来的鸡皮鹤发取憎于人，更取憎于对镜的自己。女子本以美为第二生命，不幸我那朋友便是一个极端爱美的人。她的话乍听似乎有点好笑，但我相信是从她灵魂深处发出来的。"美人自古如名将，不许人间见白头"，也许不是天公不许美人老，而是美人自己不愿意老，女人殉美的决心，原同烈士殉国一样悲壮啊。

我生来不美，所以也不爱美，为怕老丑而甘心短命，这种念头从来不曾在我脑筋里萌生过。况且年岁是学问事业的本钱，要想学问事业的成就较大，就非活得较长不可。世上那些著作等身的学者，功业彪炳的伟人，很少在三四十岁以内的。所以我不怕将来的鸡皮鹤发为人所笑（至于镜子照不照，更是我的自由），只希望多活几岁，让我多读几部奇书，多写几篇只可自怡悦的文章，多领略一点人生意义就行。

但像我这样体质，又处于这个时代，也许嘉定的雾季一来，我就会被可怕的瘴气带了走，也许几天里就恰恰有一颗炸弹落在头顶上，或一粒机关枪子从胸前穿过。我决没有勇气敢同命运打赌，说可以夺取"老"的锦标。然则现在何以忽然用这个题目写文章呢？原来一则新近替某杂志写了篇《老年》，有些溢出的材料，不忍抛弃，借此安插；二则人到中年，离老也不远了，自然而然会想到老境的种种。所以虚构空中楼阁，骗骗自己，聊作屠门之快，岂有他哉。

形体龙钟，精神颟顸，虽说是一般老人的生理现象，但以西洋人体格而论，六十五岁以内的老人如此，便不算正常状态。我不老则已，老则定与自然讲好"健"的条件，虽不敢希冀那一类步履如飞精神纯粹的老神仙的福气，而半死半活的可怜生命，我是不愿意接受的。

老虽有像我那位朋友所说的可厌处，但也有它的可爱处。我以为老人最大的幸福是清闲的享受。真正的清闲，不带一点杂质的清闲的享受。……"有闲"本来要不得，本来是布尔乔亚的口气。但不被生活重担压得筋疲力尽的人，不知闲的快乐；不到自己体力退化而真正来不得的人，也不知闲之重要；不是想利用无多的生命从事心爱的事业——例如文人之于写作，学者之于研究——而偏不可得的人，也不知闲的可贵。动辄骂人有闲，等自己遇着上述这些情景，也许失了再开口的勇气呢。

仿佛哈理孙女士曾说她爱老年，老年不但可以获得一切的尊敬，结交个男朋友，他对你也不致怀抱戒心，社会也不致有所拟议。我读此言，每发会心的微笑。今日中国社交虽比从前自由，但还未达到绝对公开的地步，事实上男女间友谊与恋爱，也还没有定出严格分别的标准。你若结交一位异性朋友，不但社会要用一双猜疑的眼在等候你的破绽，对方非疑你有意于他而不敢亲近你，则自己误堕情网，酿成你许多麻烦。总之，在中国，像欧美社会那种异性间高尚纯洁的友谊是很少的，甚至可以说完全没有。我以为朋友只有人格学问趣味之不同，不应有性的分别。为避嫌疑而使异性朋友牺牲其砥砺切磋之乐，究竟是社会的不大方与不聪明。但社会习惯也非一时可改，我们将来若想和异性做朋友，还是借重自己年龄的保障吧。

爱娇是青年女郎的天性，说话的声气，要婉转如出谷新莺；笑的时候，讲究秋波微转，瓠犀半露，问年龄几乎每年都是"年方二八"。所以女作家们写的文章，大都扭扭捏捏，不很自然。不自然是我所最引为讨厌的，但也许过去的自己也曾犯了这种毛病。到老年时，说话可以随我的便，爱怎么说就怎么说。要骂就摆出老祖母的身份严厉地给人一顿教训。要笑就畅快地笑、爽朗地笑、打着哈哈地笑。人家无非批评我倚老卖老，而自己却解除了捏着腔子说话的不痛快。

人老之后，自己不能做身体的主，免不得要有一个或两个侍奉她的人。有儿女的使儿女侍奉，没儿女的就使金钱侍奉。没儿女而又没钱，那只好硬撑着老骨头受苦。年老人身体里每有许多病痛，如风湿、关节炎、筋骨疼痛，阴雨时便发作，往往通宵达旦不能睡眠。血脉循环滞缓，按摩成了老人最大的需要。听说我的祖母自三十多岁起，便整天躺在床上，要我母亲替她捶背、拍膝、捻脊筋。白昼几百遍，夜晚又几百遍。我妹妹长大后，代替母亲当了这个差使，大姊是个老实女孩，宁可让祖母丫头水仙菊花什么的，打扮得妖妖气气，出去同男仆们厮混，而自己则无日无夜替祖母服劳。我也老实，但有些野。我小时最爱画马，常常偷大人的纸笔来画，或在墙上乱涂乱抹。我替祖母按摩时，便在祖母身上画马，几拳头拍成一个马头，几拳头拍成一根马尾，又几拳头拍成马的四蹄。本来拍背，会拍到颈上去，本来捶膝，会捶到腰上去，所以祖母最厌我，因此也就豁免我这项苦差。我现在还没有老，但白昼劳碌筋骨或用了脑力以后，第二天醒在床上，便浑身酸痛、发胀。很希望有人能替我捶捶拍拍，以便舒畅血脉。想到白乐天的"一婢按我腰，一婢捶我股"，对于此公的老福，颇有心向往之之感。朋友某女士年龄同我差不多，也有了我现在的生理现象，她为对付现在及将来，曾多方设法弄了个小使女，但后来究竟不堪种种淘气，仍旧送还其家。她说老年图舒服，不如养个孝顺儿女的好，所以她后悔没有结婚……

　　人应该在老得不能动弹之前死掉。中国虽说是个讲究养老的国家，其实对于老人常怀迫害之意。原壤老而不死，干孔子甚事，孔子要拿起手杖来敲他的脚骨，并骂他为"贼"。书传告诉我们，有将老人供进鸡窝的，有送进深山饿死的。活到百岁的人，一般社会称之为"人瑞"，而在家庭也许被视为妖怪。这里我想起几种乡间流传的故事。某家有一老婆子活到九十多岁，除聋聩龙钟外亦无他异。一日，她的孙媳妇在厨房切肉，忽见一大黄猫跃登肉砧，抢了一块肉就吃，孙媳以刀背猛击之，悠然不见。俄闻祖婆在房里喊背痛，刀痕宛然，这才发现她已经成了精怪。又某村小孩多患夜惊之疾，往往不治而死。巫者说看见一老妇骑一大黑猫，手持弓箭，自窗缝飞入射小儿，所以得此病。后来发现作祟者是某家曾祖母与她形影不离的猫。村人聚议要求某家除害，某家因自己家里小儿也不平安，当然同意。于是假托寿材合成，阖家治筵庆祝，乘者祖母醉饱之际，连她的猫拥之入棺，下文我就不忍言了。宜城方面对于老而不死的妇人，有夜骑扫帚飞上天之传说，则近于西洋女巫之风，但究竟以与猫的关系为多，也许是因为老妇多喜与猫做伴之故。我最喜养猫，身边常有一只，我也最爱飞，希望常常能在青天碧海之间回翔自得，只恨缺乏安琪儿那双翅膀，如其将来我的爱猫能驮着我满天空飞，那多有趣；扫帚也行，虽然没有巨型蓉克机那么威武，反正不叫你花一文钱。现在飞机票除了达官大贾有谁买得起。

　　当我死的时候，我要求一个安宁静谧的环境。像诗人徐志摩所描写的他祖老太太临终时那种福气，我可丝毫不羡。谁也没有死过来，所以谁也不知死的况味。不过据我猜想，大约不苦，不但不苦，而且很甜。你瞧过临终人的情况没有？死前几天里呻吟辗转，浑身筋脉抽搐，似乎痛苦不堪。临断气的一刹那忽然安静了，黯然的双眼，放射神辉，晦气的脸色，转成红润，蔼然的微笑，挂于下垂的口角，普通叫这个为"回光返照"，我以为这真是一个难以索解的生理现象，安知不是生命自苦至乐，自短促至永久，自不完全投入完全的征兆？我们为什么不让他一点灵光，从容向太虚飞去，而要以江翻海沸的哭声来打搅他最后的清听？而要以恶孽般牵缠不解的骨肉恩情来攀挽他永福旅途的第一步？若不信灵魂之说，认定人一死什么都完了，那么死是人的休息，永远的休息，我们一生在死囚牢里披枷戴锁，性灵受尽了拘挛，最后一刹那才有自在翱翔的机会，也要将它剥夺，岂非生不自由，死也不自由吗？做人岂非太苦吗？

我死时，要在一间光线柔和的屋子里，瓶中有花，壁上有画，平日不同居的亲人，这时候，该来一两个坐守榻前。传汤送药的人，要悄声细语，蹑脚尖来去。亲友来问候的，叫家人在外室接待，垂死的心灵，担荷不起情谊的重量，他们是应当原谅的。灵魂早洗涤清洁了，一切也更无遗憾，就这样让我徐徐化去，像晨曦里一滴露水的蒸发，像春夜一朵花的萎自枝头，像夏夜一个梦之澹然消灭其痕迹。

空袭警报又呜呜地吼起来了。我摸摸自己的头，也许今日就要和身体分家。幻想，去你的吧。让我投下新注，同命运再赌一回看。

（限于篇幅，本文略有删节）

遗嘱

黄苗子

一、我已经同几位来往较多的"生前友好"有过协议，趁我们现在还活着之日起，约好一天，会作挽联的带副挽联（画一幅漫画也好），不会作挽联的带个花圈，写句纪念的话，趁我们都能亲眼看到的时候，大家拿出来互相欣赏一番。这比人死了才开追悼会，哗啦哗啦掉眼泪，更具有现实意义。因此，我坚决反对在我死后开什么追悼会、座谈会，更不许宣读经过上级逐层批审和家属逐字争执仍然言过其实或言不及其实的叫做什么"悼词"。否则，引用郑板桥的话："必为厉鬼以击其脑。"

二、我死之后，如果平日反对我的人"忽发慈悲"，在公共场合或宣传文字中，大大地恭维我一番，接着就说我生前与他如何"情投意合"，如何对他"推崇备至"，他将誓死"继承遗志"，等等，换句话说，即凭借我这个已经无从抗议的魂灵去伪装这个活人头上的光环。那么仍然引用郑板桥的那句话："必为厉鬼以击其脑！"

此外，我绝不是英雄，不需要任何人愚蠢地为一个普普通通的人白流眼泪。至于对着一个普普通通的、毫无知觉的尸体去号啕大哭或潸然流涕，则是更愚蠢的行为。奉劝诸公不要为我这样做（对着别人的尸体痛哭，我管不着，不在本遗嘱之限）。如果有达观的人，碰到别人时轻松地说："哈哈！苗子这家伙死了。"用这种口气宣布我已自动退出历史舞台，这是恰当的，我明白这绝不是幸灾乐祸。

三、我和所有的人一样，是光着身子进入人世的，我应当合理地光着身子离开（从文明礼貌考虑，也顶多给我尸体的局部盖上一小块废布就够了）。不能在我死时买一套新衣服穿上；或把我生前最豪华的出国服装打扮起来，再送进火葬场，我不容许这种身后的矫饰和浪费。顺便声明一下：我生前并不主张裸体主义。

流行的"遗体告别"仪式，是下决心叫人对死者最后留下最丑印象的一种仪式。我的朋友张正宇，由于"告别"时来不及给他戴上假牙，化妆师用棉花塞在他嘴上当牙齿，这一恐怖形象，深刻留在我的脑子里，至今一闭目就想起来。因此，绝对不许举行我的遗体告别，即使只让我爱人单独参加的遗体告别。

　　四、虽然我绝不反对别人这样做，但是我不提倡死后把尸体献给医学院，以免存货过多，解剖不及，有碍卫生。但如果医学院主动"订货"的话，我将预先答应割爱。

　　五、由于活着时曾被住房问题困扰过，所以我曾专门去了解关于死后"住房"——即骨灰盒的问题，才知道骨灰盒分三十元、六十元、七十元……按你生前的等级办事，你当了副部长，才能购买一百元一个的骨灰盒为你的骨灰安家落户。为此，我吩咐家属：预备一个放过酵母片或别的东西的空玻璃瓶，作为我临时的"寝宫"。这并不是舍不得出钱，只是因为作为一个普通的脑力劳动者，我应当把自己列于"等外"较好。

　　关于骨灰的处理问题，曾经和朋友讨论过，有人主张约几位亲友，由一位长者主持，肃立在抽水马桶旁边，默哀毕，就把骨灰倒进马桶，长者扳动水箱把手，礼毕而散。有人主张和在面粉里包饺子，约亲友共同进餐，餐毕才宣布饺子里有我的骨灰。饱餐之后"你当中有我，我当中有你"，备形亲切，但世俗人会觉得"恶心"，怕有人吃完要吐。为此，我吩咐我的儿子，把我那小瓶子骨灰拿到他插过队的农村喂猪，猪吃肥壮了喂人，往复循环，使它仍然为人民做点有益的贡献。此嘱。

　　庄周说过一个故事：子桑户、孟子反、子琴张三个人志趣相投，都能"相与于无相与、相为于无相为"，于是"相视而笑，莫逆于心"地做了朋友。但不久，子桑户就死了，孔子急忙派最懂得礼节的子贡去他家帮着筹组治丧委员会。谁知孟子反、子琴张这两位生前友好，早已无拘无束地坐在死者旁边，一边编帘子，一边得意地唱歌弹琴：

　　哎呀老桑头呀老桑头，

　　你倒好，你已经先返回本真，

　　而我们却仍然留下来做人。

　　子贡一见吓了一跳，治丧委员会也吹了。急忙回去找孔老头汇报。姜到底是老的辣，孔子听了，不慌不忙用右手食指蘸点唾沫，在案上方方正正地画了个框框，然后指着子贡说："懂吗？我们是干这个的——是专门给需要这一套的人搞框框的。他们这两个可了不得，一眼就识破了仁义和礼教的虚伪性，所以他们对于我们这些框框套套都不屑一顾。不过你放心，人类最大的弱点是懒，世世代代安于在我们的框套里面睡大觉。而这些肯用脑子去想，去打破框框套套的人，却被人目为离经叛道，指为不走正路的二流子、无事生非的傻瓜。他们的道理在很长时期仍将为正统派所排摈的。子贡，放心吧，我们手里捧的是铁饭碗，明儿个鲁国的权贵阳货、季桓子、孟献子他们死了，还得派你去组织治丧委员会。因为再也没有像我们孔家的人那样熟悉礼制的了。"（大意采自《庄子·大宗师》）

　　以上的故事讲完，想到自己虽然身子骨还硬朗，但人过了七十，也就是应当留下几句话的时候了，"是所至嘱"！

说死说活

史铁生

史铁生 ≠ 我

　　要是史铁生死了，并不就是我死了。——虽然我现在不得不以史铁生之名写下这句话，以及现在有人喊史铁生，我不得不答应。

　　史铁生死了——这消息日夜兼程，必有一天会到来，但那时我还在。要理解这件事，事先的一个思想练习是：传闻这一消息的人，哪一个不是"我"呢？有哪一个——无论其尘世的姓名如何——不是居于"我"的角度在传与闻呢？

生＝我

死是不能传闻任何消息的——这简直可以是死的鉴定。那么，死又是如何成为消息的呢？唯有生，可使死得以传闻，可使死成为消息。譬如死寂的石头，是热情的生命使其泰然或冥顽的品质得以流传。

故可将死作如是观：死是生之消息的一种。

然而生呢，则必是"我"之角度的确在，或确认。

无辜的史铁生

假设谁有一天站在了史铁生的坟前，或骨灰盒前，或因其死无（需）葬身之地而随便站在哪儿，悼念他、唾弃他，或不管以什么方式涉及他，因而劳累甚至厌倦，这事都不能怨别人，说句公道话也不能怨史铁生，这事怨"我"之不死，怨不死之"我"或需悼念以使情感延续，或需唾弃以利理性发展。总之，怨不死的"我"需要种种传闻来构筑"我"的不死，需要种种情绪来放牧活蹦乱跳的生之消息。

史铁生≈我使用过的一台电脑

一个曾经以其相貌、体型和动作特征来显明为史铁生的天地之造物，损坏了，不能运作了，无法修复了，报废了，如此而已。就像一头老牛断了气而羊群还在。就像一台有别于其他很多台电脑的电脑被淘汰了，但曾流经它的消息还在，还在其曾经所联之网上流传。史铁生死了，风流万种，困惑千重的消息仍在流传，经由每一个"我"之点，连接于亿万个"我"之间。

浪 与 水 ＝ 我 与 "我"

浪终归要落下去，水却还是水。水不消失，浪也就不会断灭。浪涌浪落，那是水的存在方式，是水的欲望，也叫运动，是水的表达、水的消启、水的连接与流传。哪一个浪是我呢？哪一个浪又不是"我"呢？

从古至今，死去了多少个"我"呀，但"我"并不消失，甚至并不减损。那是因为，世界是靠"我"的延续而流传为消息的。也许是温馨的消息，也许是残忍的消息，但肯定是生动鲜活的消息，这消息只要流传，就必定是"我"的接力。

永 远 的 生 ＝ 不 断 地 死

有生以来，你已经死掉了多少个细胞呀，你早已经不是原来的你了，你的血肉之躯已不知死了多少回，而你却还是你！你是在流变中成为你的，世界是在流变中成为世界的。正如一个个音符，以其死而使乐曲生。

　　赫拉克利特说："一个人不能两次踏入同一条河流。"但是，一条河流能够两次被同一个人踏入吗？同样的逻辑，还可以继续问："一个人可以一次踏入同一条河流吗？"

永恒的消息

　　但是，总有人在踏入河流，总有河流在被人踏入。踏入河流的人，以及被踏入的河流，各有其怎样的尘世之名，不过标明永恒消息的各个片段、永恒乐曲的各个章节。而"我"踏入河流、爬上山巅、走在小路与大道、走过艰辛与欢乐、途经一个个幸运与背运的姓名……这却是历史之河所流淌着的永恒消息。正像血肉之更迭，传递成你生命的游戏。

你在哪儿？

　　你由亿万个细胞组成，但你不能说哪一个细胞就是你，因为任何一个细胞的死亡都不影响你仍然活着。可是，如果每一个细胞都不是你，你又在哪儿呢？

　　同样，你思绪万千，但你不能说哪一种思绪就是你，可如果每一种思绪都不是你，你又在哪儿呢？

　　同样，你经历纷繁，但你不能说哪一次经历就是你，可如果每一次经历都不是你，你到底在哪儿呢？

无 限 小 与 无 限 大

　　你在变动不居之中。或者干脆说，你就是变动不居：变动不居的细胞组成、变动不居的思绪结构、变动不居的经历之网。你一直变而不居，分分秒秒的你都不一样，你就像赫拉克利特的河，倏忽而不再。你的形转瞬即逝，你的肉身无限短暂。

　　可是，变动不居的思绪与经历，必定是牵系于变动不居的整个世界。正像一个音符的存在，必是由于乐曲中每一个音的推动与召唤。因此，每一个音符中都有全部乐曲的律动，每一个浪的涌落都携带了水的亘古欲望，每一个人的灵魂都牵系着无限存在的消息。

群 的 故 事

　　有生物学家说：整个地球，应视为一个整体的生命，就像一个人。人有五脏六腑，地球有江河林莽、原野山峦。人有七情六欲，地球有风花雪月、海啸山崩。人之欲壑难填，地球永动不息。那生物学家又说：譬如蚁群，也是一个整体的生命，每一只蚂蚁不过是它的一个细胞。那生物学家还说：人的大脑就像蚁群，是脑细胞的集群。

那就是说，一个人也是一个细胞群，一个人又是人类之集群中的一个细胞。那就是说，一个人死了，正像永远的乐曲走了一个音符，正像永远的舞蹈走过了一个舞姿，正像永远的戏剧走了一个情节，以及正像永远的爱情经历了一次亲吻，永远的跋涉告别了一处村庄？当一只蚂蚁（一个细胞，一个人）沮丧于生命的短暂与虚无之时，蚁群（细胞群，人类乃至宇宙）正坚定地抱紧一个心醉神痴的方向——这是唯一的和永远的故事。

我离开史铁生以后

我离开史铁生以后史铁生就成了一具尸体，但不管怎么说，白白烧掉未免可惜。浪费总归不好。我的意思是：

①先可将其腰椎切开，看看到底那里面出过什么事——在我与之朝夕相处的几十年里，有迹象表明那儿发生了一点故障，有人猜是硬化了，有人猜是长了什么坏东西，具体怎么回事一直不甚明了。我答应过医生，一旦史铁生撒手人寰，就可以将其剖开看个痛快。那故障以往没少给我捣乱，但愿今后别再给"我"添麻烦。

②然后再将其角膜取下，谁用得着就给谁用去，那两张膜还是拿得出手的。其他好像就没什么了。剩下的器官早都让我用得差不多了，不好意思再送给谁——肾早已残败不堪，血管里又淤积了不少废物，因为吸烟，肺料必是脏透了，大脑么，肯定也不是一颗聪明的大脑，不值得谁再用。况且这东西要是还能用，史铁生到底是死没死呢？

史铁生之墓

上述两种措施之后，史铁生仍不失为一份很好的肥料，可以让它去滋养林中的一棵树，或海里的一群鱼。

不必过分地整理他，一衣一裤一鞋一袜足矣，不非是纯棉的不可，物质原本都出于一次爆炸。其实，他曾是赤条条地来，也让他赤条条地去，但我理解伊甸园之外的风俗，何况他生前知善知恶、欲念纷纭，也不配受那园内的待遇。但千万不要给他整容化妆，他生前本不漂亮，死后也不必弄得没人认识。就这些。然后就把他送给鱼或者树吧，送给鱼就怕路太远，那就说定送给树。倘不便囫囵着埋在树下，烧成灰埋也好。埋在越是贫瘠的土地上越好，我指望他说不定能引起一片森林，甚至一处煤矿。

但要是这些事都太麻烦。就随便埋在一棵树下拉倒，随便撒在一片荒地或农田里都行，也不必立什么标识。标识无非是要让我们记起他，那么反过来，要是我们会记起他，那就是他的标识。在我们记起他的那一处空间里甚至那样一种时间里，就是史铁生之墓。我们可以在这样的墓地上做任何事，当然最好是让人高兴的事。

顺便说一句：我对史铁生很不满意。

我对史铁生的不满意是多方面的。身体方面就不苛责他了吧，品质方面，现在也不好意思就揭露他。但关于他的大脑，我不能不抱怨几句，那个笨而又笨的大脑曾经把我搞得苦不堪言。那个大脑充其量是个三流大脑，也许四流。以电脑作比吧，他的大脑顶多算得上是"286"——运转速度又慢（反应迟钝）、贮存量又小（记忆力差），很多高明的软件（思想）他都装不进去（理解不了）——我有多少个好的构思因此没有写出来呀，光他写出的那几篇东西算个狗屁！

一件疑案

在我还是史铁生的时候我就说过：我真不想是史铁生了。也就是说，那时我真不想是我了，我想是别人，是更健康、更聪明、更漂亮、更高尚的角色。比如张三，抑或李四。但这想法中好像隐含着一些神秘的东西：那个不想再是我的我，是谁？那个想是张三抑或李四抑或别的什么人的我，是谁呢？如果我是如此的不满意我，这两个我是怎样意义上的不同呢？如果我仅仅是我，仅仅在我之中，我就无从不满意我。就像一首古诗中说的："不识庐山真面目，只缘身在此山中。"如果我不满意我，就说明我不仅仅在我之中，我不仅仅是我，必有一个大于我的我存在着——那是谁？是什么？在哪儿？不过这件事，恐怕在我还与史铁生相依为命的时候，是很难有什么确凿的证据以正视听了。

但是有一种现象，似乎对探明上述疑案有一点儿启发——请到处去问问看，不肯定在哪儿，但肯定会有这样的消息：我就是张三。我就是李四。以及：我就是史铁生。甚至：我就是我。

去留无意

生活与生死

净慧

　　佛教讲两个问题，一个是生活，一个是生死。简单来说，生活问题如果不包括精神生活在内的话，主要靠物质来解决；而生死问题主要靠精神来解决。实际上佛教有时候是把两个问题糅合在一起，生死问题也包括了生活问题，生活问题也包括了生死问题。佛教是把两者放在同一个位置、同一个点上来思考和处理的。

　　我觉得，这两个问题在分析的时候作两点来分析是可以的，但是解决的时候就要把它们放在一起来解决，不能分成两次来解决，要一次性解决。解决生死问题就是解决生活问题，解决生活问题也就是解决生死问题。为什么呢？我们众生或者我们人类的一切活动就是生活，就是身口意三业的活动，它既包括生活问题，也包括生死问题，因为生死问题就存在于生活之中。

我们一般人在讨论生死问题的时候，总是截然地把生和死放在一个固定的时间点上，认为我们从娘肚子里出生的那一刻就是生，到临终咽气的那一刻就是死。实际上这种看法是带有片面性的，生和死实际上是贯穿在我们生活的每一念当中，所谓念念生死。没有生活当中每一念的生死，也就不可能有那种阶段性的生死，如果把生死仅仅看做是生的那一刻、死的那一刻，就没有因果的相续。因为生死是一个因果念念相续的过程，所以佛教在处理生活问题和生死问题时，把它们摆在一个点上作一个统一的思考、统一的处理。这一个点在什么地方呢？这一个点就是我们平常所说的、也是历代祖师所说的——当下一念。当下一念既有生活问题也有生死问题，把当下这一念处理好了，生活问题解决了，生死问题也解决了。

这样讲是不是有些玄呢？我们大家仔细思考一下，实际上问题就是这么直接。我们每天晚课都要念的放蒙山仪规，一开头有四句话："若人欲了知，三世一切佛，应观法界性，一切唯心造。"什么是法界性呢？这就包括生死问题和生活问题，生死问题的本来、生活问题的本来就是法界性。法界性在哪个地方呢？一切唯心造。心有凡心、圣心，有生死心、菩提心，区别何在？一念迷悟之别。一念迷就是生死心，一念悟就是圣贤心。所以，佛陀教导我们修行不要绕圈子，而是直截了当地从当下这一念来修。当下这一念把握好了，就能够了生死于生活中；当下这一念把握好了，就能在生活中了生死，在了生死中生活。这也就是我们平常所说的——在修行中生活，在生活中修行。

生活可以说就是生死问题，修行也可以说就是生活问题。为什么呢？修行就是觉悟，生死是迷或者说生活是迷。我们面对的这个世界千头万绪，我们面对自己的心灵也是千头万绪，种种的问题，把它概括起来，很简单，就是一个生死问题、一个生活问题，或者说一个迷的问题、一个觉的问题。这两个问题的存在和表现不受时空的限制，不受一切条件的限制。任何东西可能都是有条件的存在，要说无条件存在的东西，恐怕就是烦恼。当然，烦恼也是有条件的，但在好多情况下，它可以不受条件的限制。我说的这个条件，比如职位高低、钱财多少、年龄大小、文化程度高低等等，烦恼可以不受这些东西的限制。它唯一可以让步的地方，那就是在觉者面前，在觉者面前烦恼转化了。烦恼在觉者面前还有没有呢？还是有，觉者也要面对我们人类所面对的这些问题，但是对觉者来说，他不把烦恼当做烦恼，他在烦恼当中把烦恼转化了，所谓转烦恼为菩提，转生死为涅槃，在有些地方叫灭除烦恼、断烦恼。断也好，灭也好，实际上都是转化。他不以烦恼为烦恼，就是断了烦恼。

不以烦恼为烦恼，并不是一件简单的事。如果有人欺负你，你生气不生气？这是一个很现实的问题。古来有一位祖师，皇帝叫他到京城去，他不去，他说他有病。叫了一次他不去，第二次又来叫，又来催，他还是不去。到了第三次，皇帝派来的京官就对老和尚说，你老人家可要识抬举呀，皇帝三次召你都不去，你知道后果是什么？你人不去，就要把你的头拿去见皇帝。他说那很好，于是说了四句话，我只记得后两句："将头临白刃，犹如斩春风。"杀头好像刀子割风，风不知道痛，也不知道痒，他已经把自己的生死置之度外，那就是将烦恼转化了，将生死转化了。生死就成了菩提了，生死就成了涅槃了。烦恼成为菩提了，彻底地觉醒了，历史上像这样的事情很多。

我们天天在诵《金刚经》，《金刚经》上面讲佛陀在因地的时候，被歌利王割截身体，节节肢解，他在那个时候没有嗔恨心，更没有烦恼，他彻底地了了生死。在什么地方了生死呢？就是在生活中了生死，将刀子来割他的头，那就是生活。他不起烦恼，不动念头，这个就是真空。不是说修行的人就没有烦恼了，烦恼都躲开他了，可以说越修行的人烦恼越多，他躲避不了的，怎么会躲避得了呢？烦恼可以说是不择手段的，不论任何情况，就是看你以一种什么样的心态来面对，以什么样的方法来处理。你处理得好，烦恼就是菩提；处理得不好，烦恼就成了生死了。

所以，烦恼随时会遇到，烦恼在我们生命的每一念当中，我们每一念都有生死，所谓"念念相续，无有间断"。烦恼是"念念相续，无有间断"，修行也同样要如此，要念念相续无有间断，而且还要不能有疲厌，不能有满足感。这个很现实啊！我们不管是年老的人也好，年轻的人也好，是出家修行也好，在家修行也好，一定要把生死问题和生活问题同时来解决。要在生活中解决生死问题，在解决生死问题的同时来生活。这样才是我们修道者、求道者的生活。若能如此，我们一天 24 小时都没有空过的时候。如果一天 24 小时都在观照自己，我们一天 24 小时都能生活在圆满、幸福、安详之中。

实际上不是因为这样的推理才有这个问题存在，你当下去体会这个问题也是存在的。因为没有一念一念的迁流，哪有生死啊？这个念念迁流是从我们有这一期生命、从你生的那一天起就开始了。如果把这个念念迁流往前延伸，那就可以延伸到过去的生中，一直可以延伸到过去的无量劫中；而把它往后延伸、往未来延伸，也是一直可以延伸到未来的无量劫中，这就是我们这一念心。我们这一念心就叫法界性，法界性就是法身，法身是无始终、无内外的。我们人人具足此法身。虽然在迷失当中你不能确知，但是这一点灵明不昧的觉知觉照，永远没有离开你，永远是你最亲密的朋友，也可以说永远都是你的本来面目。当我们还没有觉知的时候，他是我们的朋友；当我们一念回光返照的时候——啊！原来你就是我，我就是你，本来面目从来都没有离开过自己。所以学佛的人要从根本上来学，要立足在根本。既得本，何愁末？本是体，末是用，得了体，自然就能起用。

人类的这个问题，科学家也存在，农民也存在，做大官的也存在，而且他的这个问题更突出，因为凡是做大官的人应该说都是世间最有智慧的人。所以，人们经常看到那些伟人面对茫茫苦海时也会发出长叹。什么是茫茫的苦海？就是我们这一念的迷失，我们不要以为在我们心之外有个苦海，苦海就在我们方寸之间，把方寸之间的问题解决好了，那就是苦海无边，回头是岸。回头是很快的，一步也不用走动，就到了彼岸。学佛要学到这样的地步了，那么对佛法可以说有些了解了，那就可以修行了。如果没有学到这个地步，认为从苦海到极乐世界有很远很远的路，要搭飞机轮船，可以说你永远到不了，你要知道回头是岸。所以，再建议大家认真地读《六祖坛经》，读《金刚经》，读《普贤行愿品》。我们在家教徒时间宝贵，不可能读很多的经典，读这三本经，就能够真正体会到苦海无边，回头是岸。

修行要经常看经典，经常亲近善知识，听闻正法。能够经常得到善知识的启发，修行就可以少走弯路，就能够沿着一条捷径来修。不过，这虽然是个捷径，不离寸步就能从苦海到达极乐世界，但又是难度最大的一种修行方法。如果把这个方法比作革命的话，它是要革自己当下的命，不是等待很久，不是革别人的命，而是革自己的命。你当下的烦恼怎么解决？一事当前你是怎么面对的？人家打了你一个嘴巴，你是跟人家没完没了，还是问问自己他为什么会打我？如果你能反问自己，就不会去想对方怎么样怎么样，你就会想到你自己有什么不对。

我们很多的事情往往总不知道要求自己，总是要求别人；不知道自己应该怎么做，总是希望别人做的事事都满你的意，怎么可能呢？我们每个人回想一下：有家庭生活的人，希望家庭所有的人都听你的话，家里人所想的一切问题，都跟你想的一样。我们出家人，没有家庭，住在寺院，住在佛学院，也希望常住的所有的事情都满我的意，老师教书满我的意，管事的人满我的意，一切的事情都不要违背我的意愿。怎么可能呢？一百个人就有一百条心，满了你的意就不大可能满第二个人的意，张三这么想，李四那么想，王五又是一个想法，怎么办呢？大家总要取得一些妥协，取得一些谅解，能做到大体上过得去就可以了。

在生活中了生死，这一法门就是我提倡的生活禅。修生活禅这一法，大家一听起来好像有些庸俗，但是你仔细思考一下，生活当中要有禅，要在禅悦当中生活，并不是容易的事情，而是最难最难的法门。但是，你如果真正实行起来，那是最有味道的、最活的法门，时时刻刻、在在处处都用得上，都有力量。

　　今天我讲的就是我们人类面对的两大问题——生死问题和生活问题。佛教的根本出发点是把这两个问题放在一起来考虑，因为解决好了生活问题也就解决了生死问题，解决了生死问题也解决好了生活问题。用什么方法来解决？就是时时觉照，念念觉照。因为生死在念念中，所以需要念念觉照，一念相应就最容易，一念相应就能念念相应，如果你一念不相应，你念念都不相应，那就成了最难的法门。希望大家能够很好地去思考，很好地去体会，真正做到在生活中修行，在修行中生活，在生活中了生死，在了生死中生活。

生与死的尊严

圣严

　　如果知道生与死是必然的过程，那么，生命的本身就是尊严。因为生存和死亡是没有办法分割的。出生时，就已确定了死亡的必然来临。因此，生存并不麻烦可怜，死亡也不需要觉得悲哀凄苦，而是要看我们对生存及死亡的态度而定。

　　生与死，是一个广泛而深入的题目。不同的人，有不同的看法、想法及立场。这个主题，在近三十年来，渐渐受到东西方人士的重视，有许多的学者，从哲学、宗教、医学等多角度的立场来探讨。在西藏系统的佛教，谈到很多关于这类的问题，我大致上也看过一些，不过，我今天不是以西藏佛教的角度来讨论，而是以中国汉传系统佛教的立场，来谈谈生与死的尊严。

我不是一个研究生死学的学者专家，我只知道从佛法的观点、对佛法的认识，以及对生死的体验及观察来加以说明。今天的这场演讲，我将它分为八个子题。

一、由生命的无奈、无所依赖及无所适从，转变为生命的可爱、可贵与自我肯定。

有很多佛教徒，对生命的感受是负面的，认为生命是无奈的、受罪的，是一种负担，这是不了解佛法的原因。佛说："人身难得，佛法难闻。"我们法身的慧命，就是要如何开悟，如何成佛。开悟成佛，一定要用我们这个色身，才能达成修行的目的。色身就是肉体的生命，也只有在人的生命过程中，才可以听到佛法、修行佛法。

许多人认为，修行是要到佛国净土去修，这种观念是错误的。因为菩萨要成佛，一定是在人间，不是以其他类别的众生形态成佛。必须先要有人的身体之后，才能发心。发菩萨心，修菩萨道，然后成佛。因此，人的身体是最可爱的、最可贵的。由凡夫成为菩萨，由菩萨到佛，都是在人间修成的。

二、生命的出生与死亡，关系密切，不可分割。出生之时已确定了死亡的必然来临。生未必可喜，死未必可哀，生命若无尊严，何喜之有？死亡若有尊严，何可悲哀？

如果知道生与死是必然的过程，那么，生命的本身就是尊严。因为生存和死亡，是没有办法分割的。出生时，就已确定了死亡的必然来临。因此，生存并不麻烦可怜，死亡也不需要觉得悲哀凄苦，而是要看我们对生存及死亡的态度而定。如果生存、生活得没有尊严，那死亡有什么好可惜的？生命又有什么可喜的？相反地，如果死得很有尊严，那死亡又有什么可以悲哀的呢？

三、生命的尊严，是从活得有意义、有价值、有目标之中来体验和显示的。

人的生命，就是生与死的一个阶段和一个过程。生命的尊严可以从伦理的关系、社会的角度、历史的判断、哲学的理论以及宗教的信仰等多方面来确立它的意义和目标。然而，今天我不是从以上的角度来谈，而是从一个佛教徒的立场来讨论生与死的尊严。

（一）生命的意义。从佛教的立场看，生命它是为了受报和还愿而存在的。过去许的愿，一定要实践承诺；过去造的业，必须要受报。因此，生命是因为因果的事实而存在。

（二）生命的价值。生命的价值，并不是由客观的他人来评估判断、来确立认定，而是自己负起责任，来完成你这一生中必须要完成的责任，同时尽量运用其有限之生命，作最高、最大的奉献。

每个人在世界上，都扮演着许多不同的角色，像父母、夫妻、儿女、老师、学生等。因此，我们要尽心尽力地尽自己的责任，充实自己，作不求回馈的奉献。只是想如何地对他人有益，用物质的、精神的种种能力，来为一个人、两个人，乃至许许多多的人奉献，这就是生命的价值。甚至对一个自然的环境，也要尽到保护的责任，也作奉献，这就是做自利与利人的工作，也是在行菩萨道。

（三）生命的目标。这是需要有个大的方向，来作为自己永久的归宿。

必须将自己的所有分享给他人，回向给一切众生。同时，继续发愿，愿自己能够成长与消融，能够圆融与超越，能够永无止境地奉献。如果建立这样的目标，不论人生是长是短，都是极有尊严的。

四、生命与死亡是一体的两面，所以生存与死亡，都是无限时空中的必然现象。

（一）生是权利，死也是权利；生是责任，死也是责任。活着的时候，接受它、运用它；结束的时候，接受它、欢迎它。我常常对癌症末期的病人说："不要等死、怕死，多活一天、一分、一秒都是好的，珍惜活着的生命。"因为生存和死亡，都是无限时间之中的必然现象。不应该死的时候不应求死，必须要你死的时候，贪生也没有用。

（二）生与死是息息相关的。每个人从知道有生命的事实那一天开始，就要有面对死亡来临的心理准备。要知道，死亡的人，可能是自己，也可能是亲友，这样的事，随时可能发生，这并不是让年轻人恐惧死亡，用死亡吓唬他们，而是要他们从小就知道死亡这样的事实，如此，才能帮助我们智慧地成长。

释迦牟尼佛在十多岁时，就发现人的生命过程，是生、老、病、死的事实，因而促使他去修行、去悟道，使他成长，使他得到大智慧，进而拯救了全世界的人类。

（三）应该珍惜生命、尊重生命的可贵，并且运用生命使自己成长，奉献他人。至于什么时候死亡，任何人都没有权利知道。因此，知道它会来临，但是不必忧虑死亡的事实会在何时发生。

在台湾，我有一位在家弟子，他深信命理，曾请了多位相命师为他算命，都说他只能活到六十九岁，到了那一年，他把工作辞去，把财产分掉，等待死亡的来临。可是第二年他仍然活着，于是他很后悔地来问我说："师父啊！我应该要死怎么没死呢？您知道什么原因吗？"我说："也许你做好事积了德，改变了死亡的时间。"我又劝他说，"不要怕死、等死，活一天，就尽一天的责任，去奉献，不去管什么时候会死，只要运用你宝贵的生命好好活下去。"结果他一直活到八十六岁才去世。

五、生从何处来？死往何处去？

许多人从哲学上和宗教的信仰上，来建立生与死的理论和观念，也有人相信神通，用宿命通、天眼通，看过去及未来。这些，我只能说是人的一种希望、一种看法和一种追求，但并不是可靠的。

中国的儒家学者主张"朝闻道夕死可矣"，又云"生死由命"或者是"听天由命"，也就是说，生死是由命决定的，但是儒家并未说明命是什么。孔子曾说："未知生，焉知死。"老子讲得很有道理："出生入死。"出生一定会入死，又云："人之生，动之死地。"当人生的时候，死亡这条路已经开始在动了。因此，老子叫我们不必担心生与死的问题，只要"尊道而贵德""夫莫之命而常自然"，就是说，只要有道德，至于人的生死，让它自然即可。

西方的宗教，不相信人是有过去世的，他们说人的生命是由上帝所创造、所赐予的，死亡时，也是应上帝的召唤回天国去。这也很好，一切由上帝支配，不必担心着生与死，这也算是快乐又幸运的事。

泛神论的哲学，是说生命来自于整体的神，死亡又回归于整体的神。唯物论的哲学，则是生死都是物质现象，生如灯燃，死如灯灭。

　　而佛教徒是相信人有过去世的，但是，生从哪里来？是否要借神通去知道呢？不需要，因为过去的生命是无限的长，无法去追究一生一生再上一生，究竟是从哪里来？我们只要好好地作最大的奉献、最好的修行，其他的，该怎么样就怎么样，一切顺其自然。

　　六、佛教徒的生死观。

　　（一）我们在这现世一个生死的阶段，只是在无穷的、无限的生命过程中的一个段落而已。就像不断地在旅行，今天在纽约出现，明天不见了，接着又到了华盛顿、芝加哥等地，每天在不同的地方出现又消失。生命也是一样，它是无始的事实，死亡不等于生命的结束，而是一期生命的过程告一段落，另一期的生命过程正在等待着去接受。

　　（二）生命的生灭现象分为三类：

　　1. 刹那生灭。刹那，就是在极短的时间之中。我们身体的细胞组织以及心念等，都是经常在生起，经常在消失，心理及生理，不断地新陈代谢，不断地变动，有生有死，有起有灭。

　　2. 一期生灭。从人的出生到人的死亡这个过程，一期或一个阶段的生与死。

　　3. 三世生灭。包括无限过去的三世，无穷未来的三世，加上目前现在的三世。也就是过去的过去、未来、现在，未来的过去、未来、现在，现在的过去、未来、现在。而以这一生的现阶段来说，前生、未来及现在，就是三世生命。

　　这样的观念和理论，能为我们带来希望及安慰，也为我们指出在此生中，必须继续活下去的理由。不应当死的时候去自杀，是对过去不负责任，对现在不尽责，甚至可能扰乱对未来的前途。

（三）生与死的升华现象，分为三个类别：

1.凡夫众生的分段生死。分段就是一个阶段一个阶段，一个过程一个过程，一生又一生；从生到死，从死到生，这就是三世生灭。但是，凡夫仅仅停留在这个阶段，只有生死，没有提升生命的意义和品质。

2.圣者的变易生死。就是用佛法来修行、来成长，帮助自己来提升生命的品质。因此，慈悲和智慧的功德身在变，在不断净化。由菩萨的阶段或者罗汉的果位，乃至成佛的层次，一级一级，不断地提升，这叫做变易。

3.大涅槃的不生不死。前面讲的都是有生有死，但到了成佛的果位，也就是大涅槃境界时，便已超越肉身，实证法身，达到绝对的不生也不死，并且能以种种身份，普遍地出现在所有众生的生死苦海之中，虽然还有生死的现象，但是，已经没有生死的执著、烦恼及不安。

七、如何面对死亡？如何使得死亡能有尊严？

（一）能生则必须求生，非死不可则当欢喜地接受。感恩生存，也当感谢死亡。以禅修者的立场来看，死亡可以分为三个层次或三个态度：

1.随业生死。生和死，自己做不了主，迷迷糊糊由他生，由他死。生死茫然，醉生梦死。

2.自主生死。清楚地知道生与死，活要好好地活，死要勇敢地死。活得快乐，死得干脆。

3.超越生死。虽然有生有死，但对于已经解脱、超越生死、大悟彻底的人来讲，生不以贪为生，死不以怕为死，生与死不仅相同，甚至根本没有这样的事。

（二）努力求生，生存时能使自己提升生命的品质，净化自己的心灵。但不可求死，也不用怕死，对死亡要存有感谢的心，因为死亡能使自己放下此生千万种的责任，带着一生的功德，迎向一个充满着希望和光明的生命旅程。

（三）生死的现象，犹如日出与日没。日没时，只是太阳在地平线上消失，而其本身永远不会消失；日出时，只是太阳在地平线上升起，而其本身永远高悬于太虚空中。人的肉体虽然有生与死的现象，然而，人人本具之清净佛性，永远如日中天。因此，死亡不是可怕、可悲的，不必畏惧它，而我们的未来，却是充满着希望。

（四）死亡来到时，若能自主自知，当以喜悦的心，勇敢地面对死亡、接受死亡。对于自己一生的行为，不论是善、是恶，都要感谢，那是历练的经验，应当无怨、无悔、无傲。过去的已成过去，迎向光明的未来，此时最为重要。

往生时的心态，有六种因素，可以决定死亡后未来的前途：

1. 随业。善业、恶业，哪一种较重，就到哪个地方去。

2. 随重。受完重业的果报，依次再受轻业的果报。

3. 随习。未作大善、大恶，但有特殊强烈的习气，命终时，随习气的偏向而去投生他处。

4. 随缘。哪一种因缘先成熟，距离你最近、最亲，就到哪里去。

5. 随念。由临命终时的心念倾向，决定去处。

6. 随愿。临命终者的心愿是什么，就决定死亡后到哪里去。

禅的修行者，是要修行到随念、随愿，如果变成了随业、随重、随习、随缘，那是非常可怜的。

（五）临命终时的人，如果已陷入昏迷，失去自主自知的能力，亲友应当以虔诚安定的心，为他诵经、持咒、念佛菩萨圣号，或者在他旁边禅修，以定力和信力帮助他的神识免于茫然，免于昏乱，从而得到安定，迎向光明，这样才不会使亡者下堕而能超生。

（六）切忌慌乱地用器械抢救，不可呼天抢地地哭喊。死亡的尊严，不是让临终的人痛苦地走，不论是在肉体上或精神上的痛苦，都对死亡的人有害无益，重要的是，让他平安、宁静、祥和、温馨地离开人间。

八、平安的死亡，即是死亡的尊严。

死亡的尊严，余下有许多的问题，那就是意外事件中的死亡问题；死亡后能否移动的问题；死刑及堕胎问题；中阴身超度的问题；脑死及植物人的问题；遗体器官捐赠的问题；自杀问题；癌症末期、自然死亡及安乐死的问题；生命与死亡的界定问题。

以上的每一个问题，均为一个重要的主题，都可以作一场大的演讲。今天暂时将这些问题保留着，留待日后再向诸位分别解释。只要不违背平安与宁静，那便是重视死亡的尊严。

你可以不怕死（节选）

一行

我们怕死亡，我们怕别离，我们怕自己不存在。在西方世界里，人们非常害怕自己不存在。他们如果听见"空无"这个字眼，也非常害怕，虽然空无只不过意味着概念消失罢了。空无并不是存在的反面，它不是不存在或灭绝。"存在"这个概念必须舍弃，"不存在"这个概念也得舍弃。空无只是用来帮助我们的一种工具罢了。

实相跟存在与不存在没有任何关系。莎士比亚说："存在，或者不存在——这便是问题所在。"而佛陀的回答却是："存在或不存在，根本不是问题所在。"存在与不存在只不过是两个相左的概念，它们既不是实相，也无法用来描述实相。

觉醒之后的洞识不但去除了"永恒"之见，同时也去除了"无常"之见。"空无"也是同样一回事。"空无"只是一种工具，如果受制于空无之见，你就迷失了。佛陀在《宝积经》里说过："你若受制于存在或不存在的见解，那么空无的观念或许能帮你解脱。倘若执著的是空无之见，你就没希望了。"有关空无的教法，只是帮助你体悟空性的一种工具，若是把工具当成了洞识，你就被概念紧紧地束缚住了。

害怕死亡时一切将化为乌有

我们最怕死亡来临时一切将化为乌有。许多人都相信我们的整个生命只有一世：诞生的那一刻是开始，死亡的那一刻便是结尾。我们认为自己是无中生有的，而死亡来临时我们也将化为乌有。因此我们对灭绝充满了畏怖。

佛陀对我们的存在却有着截然不同的体认。他认为生与死都只是一种概念，它们并不是真实的。就因为我们当真了，所以才制造出强而有力的幻觉，进而导致了我们的苦难。佛陀的真理是不生，不灭；无来，无去；无同，无异；无永恒不灭的自我，亦无自我的灭绝。灭绝只是我们的一种概念罢了。一旦体认到自己是无法被摧毁的，我们就从恐惧之中解脱了。那是一份巨大的解放感。我们终于能焕然一新地享受和欣赏人生了。

从概念之中解脱出来

佛陀说过一个和概念有关的寓言故事。一位年轻的商人从远方返家，发现自己的房子不但被土匪洗劫一空，而且被烧毁了。在房子的断垣残壁之外，有一小具尸体，他以为那就是他小儿子的残骸。他不知道自己的儿子仍然活着，他不知道烧了房子之后，那些土匪把他的儿子掳走了。在慌乱无比的情况之下，这位商人深信自己看见的那一小具尸体就是他儿子。他捶胸痛哭，不断地拔着自己的头发。不久他就开始进行火化的仪式。

这位商人是如此深爱他的小儿子，他的儿子便是他活在世上的理由。他实在太想念这个男孩了，甚至一刻都不能离开孩子的骨灰。他用丝绒做了一个布袋，将骨灰放在里面，日夜都抱着这个布袋，无论是工作还是休息，他绝不跟这袋骨灰分离一分一秒。某一天夜里，他的孩子从土匪那儿逃了出来。他来到了父亲新造好的房子面前。凌晨两点，他兴奋无比地敲着门。他的父亲仍然抱着那一袋骨灰，一边流泪，一边应门道："是谁啊？""是我啊！你的儿子！"男孩在门外喊着。"你这个顽皮的小鬼，你才不是我的儿子呢，我的孩子三个月前已经死了。他的骨灰现在就在我怀里。"男孩拍打着房门，不停地哭喊着。他一遍又一遍地哀求父亲让他进门，父亲却不断地拒绝他。这位男士坚信他的儿子已经死了，而门外这个小孩只是一个前来折磨他的无情之人。男孩只好黯然地离去，父亲则从此失去了儿子。

佛陀说过，你若是受制于某种概念，并且信以为"真"的话，你就丧失了一个认识真理的机会。纵使真理化成人来敲你的门，你都会拒绝打开心扉。因此，如果你正受制于某个攸关真理的概念，如可以使自己快乐的一些条件，那么你就要留意了。正念修持的第一步，就是要从概念之中解脱出来。

留意由狂热主义和褊狭观点所制造的苦难。我们要下定决心不去崇拜偶像或执著于教条、理论、意识形态，即便是佛法也一样。佛法是帮助我们来深观以及发展智慧和慈悲的指导工具，而不是用来战斗、杀戮或牺牲性命的教条。

佛法是一种能促使我们解脱武断倾向的修持。我们的世界因武断的态度而受尽了痛苦。第一种的正念修持可以帮助我们做个自由人，而最高的自由便是从自己的概念和观念之中解脱出来。如果受制于自己的概念和观念，我们不但会受苦，别人也会因此而痛苦。

未生之前，你在哪里

有时人们会问你："你的生日是哪一天？"或者你可以问自己一个更有趣的问题："被我称为生日的那一天之前，我在哪里？"

问一问云："你的生日是哪一天？未生之前，你在哪里？"

或者你可以问云："你几岁了？能不能告诉我你的生日是哪一天？"深深地谛听，你也许能听见它的回答。你可以想象一下云诞生的景象。未生之前，它是海里的水。或者它本来在河里，后来变成了水蒸气。它也可能是太阳，因为阳光制造了水蒸气。当时风也应该在场，是它帮助水转换成了云。云不是无中生有的，不断在变化的只是形式罢了。事物并不是无中生有的。

云迟早会变成雨、雪或是冰。如果你深入地观察雨，你会看见云。云并没有消失，它化成了雨，雨化成了草，草化成了牛，牛又化成了牛奶，然后又成了你嘴里的冰激凌。今天你如果吃冰激凌的话，给自己一点时间凝视眼前的那个甜筒，然后说："嘿！云儿！我认出你了。"这么做，会使你洞悉和了悟冰激凌及雪的真正本质。同样地，你也会在冰激凌中看见大海、河川、高温、太阳、草及牛。

深观之下，你根本看不见云的生日和死期。真相只不过是云化成了雨或雪。死亡这件事并不存在，因为事物永远在延续着。云承继了大海、河川以及太阳的高温，而雨又承继了云。

在未生之前，云早就存在了。所以，你今天如果喝牛奶、喝茶或是吃冰激凌，请随着你的呼吸，凝视一下眼前的那杯牛奶、茶或是冰激凌，然后跟云朵打声招呼。

佛陀不慌不忙地深观万物，我们也做得到。佛陀并不是神，他和我们一样是凡人。他痛苦，但是他懂得深观，所以他克服了自己的痛苦。他拥有了深刻的了悟、智慧及慈悲，所以我们才说他是我们的导师和兄长。

我们害怕死亡，是因为我们不了解事物是不灭的。人们说佛陀已死，然而这并不是真相。佛陀仍然活着。若是环顾一下四周，我们会看见各种形态的佛。因为你深观过万物，并且洞察到事物并没有真的诞生，也没有死亡，所以佛已经在你心中了。我们可以说你就是佛的新貌、佛的继承者。不要低估你自己。向四周多看几眼，你将会瞥见四处都是佛的化身。

（胡因梦　译）

无常的人生

白玛格桑

　　当我谈论这个问题的时候，少数年轻气盛、富足高贵的人也许会骂我痴人说梦，在他们的眼里这个轮回世界非常美好，说它是痛苦的海洋就等于疯子在说废话。不过，我仍要奉劝他们仔细想一想：你当初投生到这个世界的时候，在娘胎里会有被脏东西包起来的不适感；然后你受业风的推动，头脚颠倒之后，受尽挤压之苦被生了下来；你来到这个世上的第一个感受就像掉进荆棘丛中一样刺痛难受；接下来，你还要受尽冷暖无常、行动无力、大小便不能自理、不能保护自己、不能和周围的人交流沟通等众多痛苦。谈到这里，你可以用一句"不记得"的话来回避前生前世。但是，只要回忆一下从会说话、会走路到现在的人生经历，你不得不承认自己曾经受过被他人支配的苦、学习不能如愿的苦、与同伴竞争的苦、打架斗嘴和愤怒的苦、担心青春不能永驻的苦、贫穷且衣食不足的苦、遭遇冷暖无常的苦……其中还有事不如意、遇上困境等人们常见但习以为常的各种痛苦。在日常生活中，我们认为快乐幸福的事情中也隐含着坏苦和行苦。

我们人很可怜，经常把相对于大痛苦的小苦小难视为没有痛苦的快乐，这就像没有吃过糖的人无法体会甜的滋味一样。除了大小痛苦之外，没有体验过离苦大乐的轮回中人不会知道什么才是真正的快乐。当我们视轮回痛苦为快乐之后，便对轮回世界产生了很深的迷恋，这和蛆虫视粪坑为美丽家园没有什么两样。

那些目空一切的年轻人，现在虽然是风华正茂、朝气蓬勃，但随着时间的推移，他们很快就会失去青春活力，脸上将会出现一道道皱纹，头上将会长出一根根白发，四肢将会逐渐乏力。当自己变成样子难看、没有气力的老年人时，他们会产生痛苦和失落感，现在所有的快乐伙伴和亲人朋友，到那时将会对他们越来越疏远。五根器官的老化失灵，将造成眼睛看不清东西、耳朵听不清声音等障碍。洁白坚固的牙齿脱落下来之后，将无法细细品尝食物的美味可口，也不能充分吸收食物中的营养成分。人老的时候，思维也会痴呆愚钝起来，说话做事基本上与不明事理的儿童没有什么大的差异，那时人们看不惯你痴呆犯傻的样子而与你保持距离，无形中逼你远离社会和人群。

人们把住在痛苦轮回中的人生看成是美好人生，还要经常祈祷发愿自己能够长命百岁。但是，如果没有成就脱离生老痛苦的不灭金刚身，长命百岁的人生又有多大的意义呢？在痛苦、无知和被动中多住一段时间之后，最终还是要进入痛苦的轮回之中。

人们在饱受出生成长的痛苦和年老多病的痛苦以后，还要面对死亡的更大痛苦。死亡怨敌早就和我们开战了，它正在一分一秒地消灭我们的生命，我们活在世上的时间正在不断地减少。想想这一切，我们还能无忧无虑地等待下去吗？

从前体悟轮回如梦幻魔术般的圣人，用佛法破除迷妄和执著，把生、老、病、死等痛苦化为进入解脱胜道的动力，把一切苦乐都改变成增加功德的秘诀。这些圣人经常说："我病无人过问，我死无人哭泣，若能死于山野，瑜伽心愿足矣！"他们还说："众人所谓死亡之时，正是瑜伽士成就之时。"这就是内生微妙大乐，外变苦乐为友的大圣人！

在我们现在居住的这个地球范围内，我们人类是所有动物当中最高等的。我们可以用智慧来降伏老虎、狮子等凶猛的食肉野兽；在没有翅膀的情况下，我们能够制造飞机飞上蓝天；我们还能潜入水底……我们具有很多值得骄傲的特长和优点。但是，到目前为止，我们还没有免除死亡的办法。在无法避开死亡的情况下，我们也没有死后不入恶道、往生不受痛苦和取得永恒解脱的办法。虽然有少数人知道死后不受痛苦和得到解脱的方法，但却无意或无暇朝这方面努力，这是多么愚蠢啊！

要放弃今天倍加珍爱的这个身体，当然要承受无比巨大的痛苦，仅仅就是身患疾病或身受轻伤都会有无法忍受的痛苦。可是，就在此时此刻，死神已经用死亡绳索拴住了我们，我们正在逐步向死亡靠拢，听月时分在不断地减少，可以肯定的是我们的死亡之日不久就要到来了！面对这一切，我们还能无忧无虑地消磨短暂的人生吗？从出生的那一天开始，我们已经在向死亡靠近。如果一个人能够活一百岁，那他出生的第二天便成了不能活一百岁的人。

一个人一天的呼吸次数为二万一千六百次，做一次呼吸就少了一次呼吸时间的寿命。我们的活命时间就像高速急流的瀑布，正一刻不停地向死亡峡谷奔去；我们的寿命又像日落西山，死亡的黑暗正在一步一步地向我们逼近。如果我们当中的一人现在是三十岁，而他能够活到八十岁的话，那么他还可以在世间住上五十年。他也许会认为这五十年是个漫长的时期，但是五十年中的一半是夜晚，晚上的睡觉时间就等于在半个死亡之中度过了五十年的一半，剩下来的二十五年，白天的日子还要除开吃饭、穿衣和工作时间，这样算下来还有多少空闲时间呢？我们的生命历程，就这样在不知不觉中走到了尽头。现在，人们一般都要用工作五天和放松两天来度过春、夏、秋、冬，不过对于我们而言，再长的寿命都显得非常短暂。

今天，我们都倍加爱护自己的这个身体，拿出美味佳肴来喂养它，买来好衣服给它穿，用华丽的首饰装扮它，想方设法服侍好它，还要讲究卫生和注重行动坐卧等等。为了身体健康和保住生命，人们发挥了全部智慧并使出了所有的精力，有些人甚至为了保养自己的身体，任意夺取其他有情的生命。这些人把杀生看得无足轻重，但是如果他们自己受到一点伤害的话却无法忍受，甚至别人说几句不顺耳的话或者一个不友好的眼色也会使他们生气发怒。还有少数人，为了发泄私愤，竟把无辜的人打入死牢，这些无恶不作的人，虽然自己无法忍受一点点小疼痛，但是对待别人却没有丝毫的慈悲心。那些自私自利的人，当死神突然降临到他们头上时，他们再也不能用手中的权力、部下的人马、拥有的财富和以前的勇气胆量来与死神拼搏，他们只能躺在床上，慢慢地经历死去的痛苦，悲伤的眼泪将会挂满他们的脸颊，这一切将是无比痛苦的经历。

如果我们的寿命有一个定数，那也不能不说是一件好事，可寿命却是无有定数的，这使我们不知道自己是明天死、后天死、现在死还是今晚就死去。而且，我们也不知道自己将因何缘故而死。面对这么多的未知事情，我们应该怎么办才好呢？也许有人会这么想："我死不算什么，比我优秀的人一样都得死，死是不可避免的自然规律。"即便如此，可是自己死亡以后，自己所珍爱的父母兄妹、妻子儿女将会为自己而陷入痛苦的深渊，这又怎么能够忍心呢？如果是我们的亲人先死，当他们在中阴路上遭遇恐怖和痛苦的时候，我们却无法保佑他们，无法陪伴他们，更无法给他们指明正道。

我们的这个身体是四大聚合体，如果出现小小的四大不协调，可怕的疾病就会在我们身上发行，在未死之前，我们就能真实体会到疼痛难忍的地狱之苦。另一方面，为了保持身体的健康，我们想尽一切办法把美味佳肴喂给自己，但是无法预料的是当美食变成毒物以后，竟然成了毁灭这个身体的杀手。我们这个身体的杀手还有水、火、猛兽、敌人、强盗等，可是让我们的身体健康生存的有利因素却不多，要知道有些人还没有出世就死在了母胎中，有些人还没有尝到人生百味就死在幼年时期，有些人在年轻气盛的时候无奈地死去，有些人则在年老珠黄、忍受无聊和受尽老苦后死去。

　　总而言之,大则生死流转、小则霎时即灭的无常就像吞食三界的恶魔,没有一个有办法能够逃脱无常大敌的吞食。因此,我们这些渺小而仅靠微弱呼吸来维持生命的人,有可能突然死在饭还没有吃完、衣服还没有穿好、工作还没有做完的那一刻,到时候我们就像从酥油中抽出一根毛那样什么也沾带不上,只有在亲朋好友的悲伤中独自无奈地步入往生世界。我们平常倍加珍爱的身体变成可怕的尸体以后,人人都会避而远之,就连自己的亲友和子女也将把它远远地抛弃。他们也许把你的尸体埋在洞穴里,也许把你的尸体火烧化为灰烬,无论怎么做,他们会在你死后的当下立刻把你从活人圈里除掉。当我们进入死人圈里以后,活着的亲友不管是给我们烟供或是烧纸,都无法肯定能给中阴世界的我们带来什么保佑和救助。

　　万物霎时即灭的毁灭大师是时间,只要时间一到,就连我们现在居住的地球也会毁灭消失。时间的主宰者是死神,在死神面前,就是可以活上很多亿年的天界众生也无法逃脱其魔爪,更何况我们这些寿命无常的人类。每个人无论高贵与低贱、富足与贫穷,都难逃一死,都会被死神吞食。对于众生而言,唯一最可怕的大敌就是死亡,一提起死亡,几乎所有的有情众生都会心寒胆战。

　　当然,也有例外。我这一生,就曾亲眼看见过两种活在人世间,对死亡没有丝毫畏惧,并从内心深处喜欢向死亡靠近的人。一种是染上癌症等无法救治的绝症的人,他们经常遭受剧烈疼痛的折磨,身心受到很大摧残,他们惧怕继续活着,希望用死来了结一切。另一种人是起初因为惧怕死亡而入修善法，但在修炼深密心要秘诀之后，从内心深处生出智慧光明，当体证无灭本体佛位并得到胜义恒久快乐时，他们乐于迎接死亡的到来，就像天鹅飞入莲花湖中一样，能从牢狱般的人世间进入到莲池般的快乐净土，这当然是最值得喜悦的事情。除了这两种人以外，其余的人都非常惧怕死亡，甚至有些人在临死的时候捶胸顿足，又哭又喊，泪流满面。还有一些人，他们虽然不喜欢死亡，但是由于毕生努力修持善法，所以他们临死时无怨无悔、平静安详，这样的人我也见过不少。

在日常生活中，我们看见有人生了孩子以后非常高兴，兴师动众地大搞庆祝活动。每当辞旧迎新的时候，人们也要兴高采烈地举行庆祝活动，而当有人死亡的时候却要举行悲伤的哀悼活动。对于这一切，如果我们能够仔细想一想，就会发现我们所做的这些都是迷妄颠倒。小孩子生下来不仅从此要向死亡靠拢，而且从生的那一天开始就要经历人生的痛苦，有什么值得高兴和庆祝的呢？依此看，小孩子刚生下来哭的时候，我们也该跟着大哭一场才是。再来看看我们的一生，寿命是那么短暂，又那么无常，每当我们短暂的寿命减少一年的时候，我们应该痛苦惋惜，怎么还要迎新年、搞庆祝呢？而当一个人死去的时候，他脱离了使一生痛苦不堪的污秽身体，如果死去的人死后还能够往生到清净极乐刹土，那么死亡对于这个人来说正是快乐时光的开始。对于这样的美好喜事，我们应该开开心心地给亡人搞一个欢送活动才好，可是那些深陷于迷妄执著泥坑中的人，还以为死者是离开了幸福乐园，非得痛哭悲伤一阵不可，这真是应和了常言所说"地狱众生以为地狱美"。轮回众生在今生今世的所作所为，就是这样一场迷妄和愚痴的生命游戏。

当我们踏进死亡的门槛时，哭不能解决任何问题，也无法向任何人提出请求免除一死。有情到了寿终命绝的时候，就是药师佛来了也不能延长其寿命。"既然众生都难免一死，我死也无所谓"，有人如果抱以这样的态度来面对死亡，是没有任何好处的，如果对往生的因果业报又持怀疑态度的话，那就更不利了，因为这将成为往生受苦的业因。

一个人在临死的时候应该具备六随念，即天尊、佛、法、僧、持戒和布施。佛祖曾经开示："要作如下之忆念，诸法本性清净故，要修无相无实心；具足菩提心之故，要修广大慈悲心；自性无观光明故，要修无有执著心；心能生出智慧因，莫向别处求佛性。"除此之外，还要真实修证佛经中宣说的十想，即不贪恋此生之想、发慈悲心于众生之想、舍去所有仇恨之想、渝戒众罪忏悔之想、接受清静众戒之想、减轻重大罪业之想、不畏往生世界之想、有为诸法无常之想、所有万法无我之想、涅槃寂静之想。还可以多多观想极乐净土全景，为往生极乐净土积累福、慧二资粮，大发无上大乘菩提胜心，并且把全部善业回向于法界一切众生。

航鹰

人生没有所有权，只有使用权

跟随证严法师拜祭遗体冷藏室

　　我在花莲净土的所见所闻，几乎每一件事都是出乎意外超乎想象。然而，最令人不可思议的事情，莫过于佛教徒对遗体捐赠的接受程度了。在慈济医学院的一间讲堂里，证严法师为听众作了一堂关于遗体捐赠的专题演讲，弟子们和信众把这称为"上人开示"。古老佛学与现代医学解剖学，宗教信仰与遗体捐赠之间魔法般的结合，如果不是亲临其境，说下大天来我也不会相信世上竟有这等奇人奇事。我坐在最后一排听讲，尽力作着记录，在这里说明"尽力"二字，是因为法师在用闽南话演讲。法师心很细，尽管在听众中只有我和上海女作家竹林听不懂闽南方言，法师为了能叫我俩听懂，讲到关键之处总要用国语（普通话）重复几句，我这才能断断续续地作些记录。幸好身边有一位热心的静原师姐（师兄、师姐是慈济人之间的尊称）不时地把法师的闽南话翻译成国语给我听，使我基本上能理解上人开示的要领。我的精神高度集中，竖着耳朵聆听，伸长脖子紧张得脊背都酸痛了，还是生怕漏掉法师的每一句话。这座现代化医科大学讲堂与正宗的佛教活动所组成的浑然一体的氛围，尤其是法师所讲解的佛教理论涉及生与死的阐释，对于我这个自幼在内地只接受过一种教育的人来说，实在是太陌生、太新鲜、太神秘了！

　　众所周知，佛教徒是很重视丧葬后事的。出家人之死称为圆寂，僧尼圆寂大多火化，也有保存肉身在密封的塔中的，塔林是古寺的重要组成部分。我从来没听说过佛教徒自愿表示待自己去世以后把遗体捐赠给医学院供人解剖的。然而，证严法师却在宣讲捐赠遗体的意义！她的信徒却都心甘情愿地做到了！有人递给我一份资料，看了令人目瞪口呆：由于遗体昂贵匮乏，台北医学院的解剖课只能做到每二十六个学生用一具遗体；美国最先进的医学院也只能做到每六个学生用一具遗体；然而，位于小城花莲市郊的慈济医学院，却能够做到每四个学生用一具遗体。这都是因为有了证严法师的号召，都是因为有了佛教徒的最后奉献！证严法师演讲时使用了一个我从来未知晓的名词——她管"遗体"叫做"大体"。初次听到"大体"这一尊称，我的心头猛然一震，是啊！我们常常把那些人格高尚对社会贡献卓著的人歌颂为"大写的人"，那么，对那些不仅在生前从善如流，死后也愿作最后奉献的高尚之人的遗体，当然应该尊称为大体了！

　　证严法师作完演讲之后，款款走下讲台，一挥广袖，邀请我们随她去参观遗体冷藏室。她领着我们来到一间大厅，率先走了进去。我在门口朝里面一望，立刻头皮发乍、脊背发麻——大厅里冷气飕飕，一字排开好几列不锈钢冷冻柜，每个柜子里都躺着一具大体。我屏神敛气跟着证严法师在两排冰柜中间走过，人们都不说话，脚步轻轻，生怕惊醒里面的亡灵的永恒之梦。远远近近的长棺形冰柜，明明暗暗中闪着寒光，一尘不染，清冷寂静，肃穆圣洁。我怯怯地伸手摸了摸柜面，冰凉的感觉由手指瞬间传到胳臂，犹如飘来小雨浇洒。紧接着颈项一阵发麻，奇怪的是这种又凉又麻的战栗穿过脊梁钻入肺腑时，却忽地变得滚烫灼热了。我心中一遍又一遍地默念着证严法师使用的尊称："大体……大体……高尚的大体啊……令人尊敬钦佩感动感激的大体们啊……大写的大体们啊……"时至今日，当我提笔描绘当初的情状时，仍然生出那种难以名状的手臂发凉、脊背发麻而心窝灼热的奇特感觉。

　　我郑重地把草稿上这一小节的标题"跟随证严法师参观遗体冷藏室"中的"参观"二字改作"拜祭"。海峡那一边从未谋面的善士们之英灵和你们奉献出来的大体啊，请接受我遥远而虔诚的拜祭。

人生没有所有权，只有使用权

　　我不知道世界上其他的宗教领袖有没有足够的威望，来发动信徒们在

"遗体捐赠志愿表"上签下自己的名字，证严法师为发展医学事业完成了这桩大善大德之事，创造了一项奇迹，尤其是在中国人中间迅速推广了这一活动。若不是亲眼所见，我真是难以置信。中国人一向注重"身后大事"，不仅汉族人精心选择墓地和棺木，各民族皆如此。西南地区一些少数民族为了保存先辈遗体，甚至在高山的悬崖上悬棺而葬。近半个世纪以来，中国人口爆炸，政府苦于人口过多和可耕地太少，无法承受"死人与活人争土地"之重负，不得不采取强制手段推行火葬（中国宪法规定土地归国有）。即使如此，老百姓仍然想方设法把亲人的骨灰埋葬，竖立一块哪怕是小小的墓碑，也要完成"入土为安"的古老信念。多年来，官方一直致力于简化丧葬风俗的宣传，提倡"厚养薄葬"。各种传媒不断地表彰子女在老人活着的时候赡养尽孝，抨击"薄养厚葬"之陋俗。但是，上述种种努力仍然难以从根本上改变中国人的厚葬之风。

形成这些习俗的根源在于中华民族有一种固有的观念：视自己的躯体为神圣。古代人信奉"发肤乃父母所赐不可擅动"，现代人惧怕开刀手术，哪怕做一个小手术也担心会"伤元气"，古代帝王贵族在去世之前就安排好如何使自己死后遗体不腐烂的措施，平民百姓也都以"死后保住全尸"为最后的愿望。基于这些根深蒂固的传统观念，若要在中国内地动员人们献血或捐赠骨髓，至今仍然很困难，更甭提让人们自愿留下遗嘱死后捐赠遗体或器官了。那么，证严法师究竟用什么方法引导慈济人发此大愿呢？原先我以为，一位佛教法师只能从轮回转世、因果报应的角度诱使信徒为了修来世幸福而表示愿意捐出遗体。听了证严法师的演讲，我知道她从不装神弄鬼以妄言巫术蒙骗迷信的教徒。她阐释的道理当然出自佛教信仰，但字字句句却都是立足于现世、立足于社会、立足于为民众造福。

证严法师站在医学院课堂讲台上，通常那是教授给学生传授科学知识的地方，听着听着，我便忘记了她的宗教人士身份，觉得她成了一位穿灰袍的教授。或许因为我这双俗眼无法超越物质的具象，无法练就"开天目"奇功透视超自然的灵异虚境，我只看到一位穿灰袍的教授式的演讲家循循善诱地剖析着人生的道理。她背后没有"祥光闪耀"，头上没有光环，她和普通人一样说着寻常百姓的家常话。但是，她的眼睛和面庞以及整个身姿不知有什么磁力能够吸住所有人的目光。在花莲和台北的几次会面，我一直未能把目光从她身上移开。她用一句非常生活化的语言解释了生命的本质："人生没有所有权，只有使用权。"

她站在讲台上语调平和地说："我常常对大家说，人生没有所有权，只有使用权。这就是说呀，这短暂而难得的人身，我们难以永远拥有它，但我们可以做主使用它，用好它。世上最消福的是我们这个身体，一辈子享受到多少好东西呀！哎呀，人生呀，真是一段缘啊！走的时候舍不得，其实最后还是要舍！人生既然只有使用权，就要赶快发挥它的功能，不用白不用。最后把我们的躯体贡献出来，让教授教学生，学生毕业后成为医生会去救助更多的病人，这是多么大的功德呀！台湾好几所医学院都缺乏大体，同样是医学应用嘛，我们也应该援助他们。佛教一向讲惜福，惜福种福。珍惜我们享受到的每一分幸福、每一粒米，珍惜一切资源。人生到最后还能让躯体有用，去发展未来的医学，最好不要让它浪费掉，这也是废物利用嘛！希望大家多多以正确的心态来看待躯体，我对大家很感恩……"

听了这些深入浅出、生动亲切的话语，我简直怀疑这不是在谈遗体捐赠，只是劝人捐出一件穿破了的旧衣服。"人生没有所有权，只有使用权"这句通俗易懂的话语，形象而睿智地揭示了人生的真谛。任何一个人，无论是帝王还是贫民，对自己的生命都没有永远的所有权。百万富翁，其财产也只有使用权——他的生命这一段的使用权，他一旦死去，使用权即告到期；纵然他能够以其遗产传给子孙，子孙也只能各自拥有其生命那一段的使用权，何况使用不好即归他姓，富贵人家的后代中败家子还少吗?

因此，人对身外之物要看开，佛教理论谓之"看得破"。这方面的道理人们早就懂得了，然而，真正"看得破"的人却不多。在聆听证严法师演讲之前，我对"身外之物"的理解一向只局限于"身外"——功名利禄、物质享受，从来没有想到过本"身"。经法师这一点破，我这才领悟到人一旦死去，原本归自己"使用"的"身"——躯体，也就和其他东西一样成了身外之物了。可以说，悟出了这一层，是我花莲之行的最大获益。虽然我一时还不能像出家人那样看破红尘，胸中却也切实地有了一种如释重负之感，回顾名利场那些得失荣辱是非恩怨，心里觉得轻松多了，也超脱多了。

死亡的美称——往生

证严法师作完关于遗体捐赠的专题讲演，又率领大家拜祭了遗体冷藏室，谈话内容当然会涉及死亡，但她极少说到"死"字，她把人的死亡称为"往生"。往生——这是我有生以来第一次听到的说法，个中原因本文在前面交代过了。我自幼生活在中国内地，受到的是一种教育，而且青年时代赶上了"文革"，中年以后虽然有所补课，对于宗教知识仍然只有一些浮浅的了解。第一次听到"往生"一词，而且是证严法师亲口所说，面对"死亡""遗体"这样一些沉重可怕的话题，我那绷紧的心弦一下子变得轻松了。生者对于亲友的去世，还能有什么比"往生"这个说法更能安慰人心、减人悲痛、给人希望呢？人们对亲友或尊敬的人之死一般都不忍直言那个严酷的"死"字，于是才有了许多代称——去世、故去、谢世、逝世、作古、仙逝、驾鹤西归……相比之下，都不如"往生"让人心里觉得温暖、熨帖，甚至欢喜。我很想弄清楚这个词的由来，《宗教词典》中有个词条介绍了《往生论》，全称《无量寿经优波提舍愿生偈》，亦称《净土论》，赞述阿弥陀极乐净土的庄严，劝人修行积善，死后可往生净土。《辞海》中对这一词条的注释和《宗教辞典》类似，只多了一项说明："往生，佛教名词。"我反复琢磨，似乎"往生"更像一个动词，表达"前往""走向"新的生命的意思。死亡本来是静止了、寂灭了，"往生"却注入了新的动感与希望。有了这样抚慰人心的作用，哪怕它只是个形容词，我也乐于接受啊！这样一个充满人情味儿的宗教用语，又出自充满人情味儿的证严法师之口，愈加富有令人浮想联翩的感染力了。

证严法师说出"往生"二字时，我当时所受到的感召真是如闻天籁、醍醐灌顶。在这里我要特别提到证严法师的声音，她的声音有一种魔法般的磁力，音色清亮悦耳、甜润动听，天池琼浆般澄澈透明没有一丝杂质，山泉溪水般汩汩流入人们的心田。在拜见证严法师之前，我从来没有听到过任何人拥有如此柔美委婉而又极具穿透力的嗓音。她是一位出色的演讲

谁也没有死过，所以谁也不知死的况味。不过据我猜想，大约不苦，不但不苦，而且很甜。

如果你深入地观察雨，你会看见云。云并没有消失，它化成了雨，雨化成了草，草化成了牛，牛又化成了牛奶，然后成了你嘴里的冰激凌。今天你如果吃冰激凌，给自己一点时间凝视它，然后说："嘿！云儿！我认出你了。"

有一阵子我成天都在琢磨着各种死法。我还总想死个周全，妥善，不能拖泥带水。吞下安眠药十二个小时后，我又坐在出版社食堂里啃起馒头了。人在一场假死之后，对生与死有了崭新的认识。死亡使生命对我成为透明的了。

如果避而不战就能永生不死，那么我也不愿冲锋在前了。但是，既然迟早要死，我们为何不拼死一战，反把荣誉让给别人？

家，但她与那些雄辩滔滔、巧舌如簧、慷慨激昂、以煽动人心为能事的演讲家迥然不同。她说话声音不高、语速缓慢、语气温和，面含微笑、不慌不忙地娓娓道来。她从不故作高深，总是以通俗易懂的话语阐明深刻的佛学哲理。

证严法师关于生死奥秘的阐释，因我听不懂闽南话，可惜不能完整地记录下来。虽然她时时用国语复述要点，虽然有静原师姐从旁翻译，我还是只能记些片断，回来以后再加以整理，不敢说完全忠实于原话，其大意是不会错的。她以悲悯的目光环视听众，循循善诱从"生"谈起："婴儿出生时为什么会啼哭呢？胎儿离开了母亲独自来到这个陌生的世界，他很痛苦，所以哇哇大哭。但是，只是刹那间，就消失了生的痛……生的过程，大家都知道，而死的经验无人告诉你。其实，往生并不痛苦。有一位林师兄差一点往生，被医生抢救过来。后来他告诉我，在那个临界的时刻，他觉得自己轻飘飘地飘在天空，看见不在世的亲人向他招手……每天的睡觉就是小死，也是轻飘飘呀，也没什么痛苦呀……往生以后把大体捐出来让教授教学生，医生为了给学生讲解做解剖，他（往生之人）绝对不会有什么痛苦。马先生是我的弟子，他临终前，我去医院看望他，他对我说：'师父，我往生以后，你一定利用好我的遗体！你一定还要拉拔我，我要生生世世追随师父……'医学院教解剖课的曾教授，对大体的处理很好。在解剖之前，他带领学生们向大体行礼、念佛、感谢往生之人的贡献。事先，他用好多块布单把大体一部分一部分蒙好，上面再盖上一层大罩单。讲课时他一层一层掀开，先从脚讲起，讲到肢体哪个部分才掀开那一块布，解剖过的部位再用布单一一遮好，最后才让学生看到头部。他处处表现出对大体的尊重,体现尊重生命的心意,让学生一边学习解剖一边体会到这一点,日后才会成为一个好医生……解剖课用过的大体,师父们会为他诵经念佛,举行隆重的仪式才送去火化。旁边有一间感恩堂,骨灰盒永远供在感恩堂里,生死与慈济长相处……"证严法师讲到这里,邻座的静原师姐告诉我:"曾教授也是我们的师兄,上人要求对大体要给以尊重,他做得很好。学生们都对上人的大爱精神十分认同,他们说,我们何其有幸!我们很感恩,这些大体生前都是些有名有姓的人啊,是他们帮助我们学医学知识,我们毕业以后一定要回报他们的功德,回报社会人群!"听着证严法师的讲演及静原师姐的插话,我的心窝一阵一阵发热,鼻子一阵一阵发酸,眼睛一阵一阵发潮,为了尽量详细地作记录才尽力把泪水压了回去……

"往生"的花季少女

然而,我的热泪终于再也忍不住了──证严法师讲到了一位年轻姑娘的夭折,本来就很委婉的嗓音变得更加轻柔了,简直犹如一把竖琴上那根最纤细的弦,哪怕穿过一阵清风也会发出震人心魄的颤音:"我还有两位弟子,他们夫妇有一个好乖好乖的女儿。这个姑娘才二十多岁,又聪明又漂亮,爸爸妈妈视如掌上明珠。唉,人生无常啊,不料姑娘一下子往生了。一个年轻轻活泼泼的人,说走就走了……当父母的悲伤到什么程度,大家都能想象……我很感恩,他们听了我的话,强忍着悲痛同意把爱女的大体捐出来。佛说慈、悲、喜、舍,舍得,舍得,有舍才有得。要说舍,世上最难舍的是要父母舍出孩子呀……可怜天下父母心，爸爸妈妈的亲生骨肉、心肝宝贝呀，哪里舍得！舍不得，最后还是舍出来了，所以，我很感恩！我的这两位弟子，做到这一点不容易呀！这是多么大的功德呀，应该欢喜才是……"证严法师那轻柔委婉的声音不知何时收住了，课堂上鸦雀无声。窗外，雨打菩提，淅淅沥沥的雨声，伴随着人们心弦的轰鸣。我屏住呼吸捕捉着在云空回响的话语："应该欢喜才是……应该欢喜才是……"只有佛家才能够达到的境界呀！证严法师作完演讲，引导大家去参拜遗体冷藏室。她的表情庄严而凝重，脚步很轻、很缓，却没有停留。忽然，她在一台冰棺跟前驻足，伸手抚摸着柜角，目光充满了慈爱与悲悯，轻轻地叹了一口气说："这就是那位小姐的大体，外面走廊上有她生前的照片，一会儿你们从这里出去就会看到，她的父母每一次走过那里都要落泪……"大家来到走廊上，墙上悬挂着许多照片，都是大体们的遗像，有他们个人的留影，也有他们与家人亲友的合影。证严法师指给我看那位小姐的玉照，我不看则已，这一看热泪又一次夺眶而出：好漂亮、好可爱的姑娘啊！她在一棵绽满花朵的树下亭亭玉立，乌黑的秀发在熏风中飘动，一双大眼睛被阳光照耀得眯成美丽的弧线，嘴巴翘翘地露出甜美的笑。另一张照片是她与父母的合影，似乎是在自家屋前，一对中年夫妇簇拥着立于中间的爱女，一家人都开心地笑着。姑娘的脑袋稍稍歪向爸爸，愈加显出少女的娇憨柔媚……我久久地凝望着花季少女的遗像，对"往生"一词有了格外欢喜的接受。对于如此年轻可爱的生命不应该说"死亡"，只有"往生"所蕴含的新的生机、新的希望，才能抚慰生者的心灵啊！凝望着这位曾经享受阳光、鲜花、家园、亲情的美丽少女，我悟出了佛教关于生与死、肉体与灵魂的阐释，真的比西方宗教更加聪明。西方宗教说的"灵魂飞升（或坐船渡河）到天堂"只是一趟"单程票"，灵魂们到了天堂就永远待在那里了。也有天使下凡之说，但天使们只能来人间完成一些上帝交予的任务，很快就得回去复命，不能真正参与人间生活、享受人生乐趣。佛教指出的"生死轮回"却是能够给人最大安慰的"双程票"，乃至永远有效的"多程票"，谁不愿意接受这样美好的安排呢？但是，"生死轮回"是有先决条件的，你要想下辈子投胎到一个好人家、做一个成功的人，这辈子就要积德行善、扶贫救苦；如果你胆敢在这辈子作恶，下辈子你可就要遭罪了！这样的教义只能对社会有益处啊！作为一个受无神论教育长大的人，我想，大家应该在意识形态方面求同存异，不论是生活在哪一种社会制度下的人，都会认同证严法师在《静思语》中所作的沉思：

　　　"人间寿命因为短暂才更显得珍贵。"

　　　"人命在呼吸间。"

　　　"人无法管住自己的生命，更无人能挡住死期，让它永驻人间。既然这么来去无常，我们更应该好好地爱惜它、利用它、充实它，让这无常而宝贵的生命，散发它真善美的光辉，映照出生命真正的价值。"

　　　"人生要为善竞争，分秒必争。"

死生的寻常与不寻常

林谷芳

死生的寻常与不寻常

千古艰难唯一死，但生命却正是有了这天
堑才得以开展，时间若是永远足够，任何事就没
有非做不可的理由。宗教的作用在超凡入圣，而
所谓凡，正是这死生的不得自由，死对一般人看
似遥远，可行者却得念兹在兹。"未知生，焉知
死"是世间的逻辑，"未知死，焉知生"却是宗
教的体验，近代净土宗印光大师关房壁上仅有一
大"死"字，就说明了这个事实。

死，难！因此像邓隐峰这种颠覆的死，乃可以发学人之疑情：究竟死是什么？禅家死生的风光到此可谓极致，然而，对芸芸众生来说，这等颠覆的死，距离自己也太远了点，连"心向往之"都够不上。好在，死生之际正是禅家的本领所在，你要何风光，他有何风光，由不得你不向往。

死，可以凛然。这凛然并非慷慨赴义，而是证得不生不灭，以死为最直接的境界，具有两刃相交的直接痛快：

元军陷温州能仁寺，寺僧脱逃一空，就只剩个无学祖元独坐禅堂，面对刀剑临颈，祖元则吟出了这样的禅偈：

乾坤无地卓孤筇，

且喜人空法亦空；

珍重大元三尺剑，

电光影里斩春风。

别人山穷水尽，他且喜人空法空，两刃相交之际，他却以春风无别之姿尽纳电光影斩，岂止无畏，更乃无别，不只凛然，更是痛快，所以元军只能退却。而坦白说，至此，祖元才算境界现前，能不欣喜畅快铺我等见此风光，又怎能不心生向往！

死，可以大美。这大美不是艺术家的自怜与想象，而是谛观缘起，了无亏欠，尽此一遭，并无余事的美感，所以平静、大气，无言而自化，就如宋代天童正觉的临终偈般：

> 梦幻空华，六十七年；
>
> 白鸟淹没，秋水连天。

人家是千古艰难唯一死，他却是秋水连天的大美，在宏智的此偈前，所有谈人生诗境的艺术作品只能"万里无云，众生低首"，又如何不使人向往！

凛然畅快、诗境大美乃至诙谐颠覆，皆是禅者面对死生最让人欣羡之事，但寻常人欣羡于此，正乃因生死一事太不寻常，所以庞居士一家自然成为千古绝唱：

> 居士将入灭，令女灵照出视日，早晚及午以报。女遽报曰："日已中矣，而有蚀也。"居士出户观之，灵照即登父座，合掌而亡。居士笑曰:"我女锋捷矣！"于是更延七日，州牧于公问疾次，居士谓曰:"但愿空诸所有，慎勿实诸所无。好住，世间皆如影响。"言讫，枕公膝而化。

父女如此，而老婆呢？她去田里告诉儿子，儿子"倚锄而化"，她可另有性格："你们都如此，我偏不然。"后遂不知所终。

这一家的死告诉我们，死是可以成为寻常之事的，这不寻常中的寻常，寻常中的不寻常，正是禅对世人最彻底的昭示，至此，也才真"无罣碍故，无有恐怖"。而行者虽非时刻面对此客观的死生之境，但却必得时时观照：在死生之间自己是否愈形透脱，毕竟，瞒得了别人，瞒不了自己，时时自问此点，才是行者的本分。

生死是勘验的原点

宗教缘自人对生命本质困境的观照，禅因此时时以了生死诚诸学人，而修行勘验也必得从此地印证起。

诚然，要说宗教行者与一般人的差别何在？正在于这面对死生的态度，因为知所皈依，因为知所从来与从去，所以在这无以逾越时间之流的天堑前，行者乃不像一般人似的惶惑恐怖、依恋不舍，有人坦然就死，有人乐迎西方，有人庄严承担，坦白说，行持长年，只在这死生大事前得此风光，也就值得！

或坦然，或庄严，或欣厌，不同教义、不同行仪在死生间也留下不同风光，这是宗教最迷人之处，然而，虽说不同宗教皆能显现对死生一定的超越，但要尽显风光恐怕就非禅不可。庄严地死、慷慨地死、坦然地死、欣悦地死，不同地面对死生，却同样具有神圣的境地，这是一般宗教，但禅呢？

诙谐地死、颠覆地死、游戏地死、诗意地死、平常地死，这种种凡夫罔测、圣境难为的死，却是禅家的正常风光。禅讲超凡入圣后更得超圣回凡，以此才能凡圣双泯、契入无别，于是最庄严与最诙谐、最严肃与最游戏、最慎重与最平常、最神圣与最颠覆、最欣厌与最诗意，竟都成为同一件事。也因此，尽管渗入文化、生命的各个面相并以其公案语录、机锋转语乃至杀活同时的教学吸引学人，但要论禅最鲜明、最迷人的风光却就得属这禅者的死生，与之相较，那些跃动心灵、粉碎乾坤的种种行仪，有时竟让人觉得仅属余事而已。

说到生死的游戏、颠覆、诙谐，最知名的应该是隐峰禅师了：

隐峰嗣马祖，俗家姓邓，人称邓隐峰，唐元和中，荐登五台，路出淮西，属吴元济阻兵违拒王命，官军与贼交锋，未决胜负。师曰："吾当去解其患。"乃掷锡空中，飞身而过。两军将士仰观，事符预梦，斗心顿息。师既显神异，虑成惑众，遂入五台，于金刚窟前将示灭。先问众云："诸方迁化，坐去卧去，吾尝见之，还有立化也无。"众云："有也。"师云："还有倒立者否？"众云："未尝见有。"师乃倒立而化，亭亭然其衣顺体。时众议异就茶毗，屹然不动。远近瞻视，惊叹无已。师有妹为尼，时在彼，乃俯近而咄曰："老兄畴昔不循法律，死更荧惑于人。"于是以手推之，偾然而踣，遂就阇维，收舍利入塔。

邓隐峰的这则故事可以作禅门的典型，掷锡空中，飞身而过，以止干戈的神通不稀奇，稀奇的是主动选择了一个前无古人的死法：倒立而化，临死前还得开个玩笑，真乃禅家独有的风光，到此地步，你说，死生与吃饭、睡觉又有何差别呢？

当然，这无别的世界看在有别的众生眼中还是难免惶惑，他死时仍亭亭然其衣顺体，这衣袂不坠，倒立而亡，让众人不敢动，结果还得劳他的妹妹骂了他几句，顺手一推，他就偾然而踣了，兄妹俩还真是你来我往。平常、神奇，皆随他来去，所谓一如，正此之谓。

当然，就死是学人最终的勘验，未到此地很难印证，只是，在日常境界前，仍可从蛛丝马迹中见到学人在这里的功夫，师徒相访、起心动念间，可不要忘了这勘验印证的原点。

死之求索

死亡

张中行

　　佛家有一句口头禅，是"生死事大"。宋儒批评说，总是喊生死事大，就是因为怕死。这批评得不错，即如《涅槃经》之类记释迦牟尼示寂，也是万众痛哭，哭什么？自然是因为不愿意死而竟死了。俗人就更不用说，如东晋谢安、支遁等兰亭修禊诗酒之会，由王羲之作序，说了"天朗气清，惠风和畅"等许多好话之后，还引一句古人云，是"死生亦大矣"（见《庄子·德充符》）。意思显然是，如果能不死该多好，可惜是不能不死。那还是昔日；到现在，生死事大一类说法就有了更为沉痛的意义。因为昔人的世界是《聊斋志异》式的，死是形灭而神存，这神，或说灵魂，还可以到另一个世界，虽然昏暗一些，阴冷一些，却还有佳人的美丽，亲友的温暖，总之，只是变而没有断灭。现在不同了，科学知识赶走了《聊斋志异》式的世界，我们几乎都知道，神是形的活动，形亡，神也就不存了，就是说，生涯只此一次，死带来的是立即断灭。有的人有黄金屋，其中藏着颜如玉，下降，也会有柴门斗室，其中藏若干卷破书，再降，总当有些遗憾、有些期望吧，一旦撒手而去，都成为空无，其痛苦就可想而知了。

这痛苦，前面提到过，是来于天命的两面夹攻：一面是热爱活着，另一面是不得不死。很明显，解除痛苦之道就成为，其中的一方必须退让，即或者走叔本华的路，不以活着为可取。或者走葛洪的路，炼丹以求长生（还要真能有成）。先说前一条路，改变对活的态度，即变爱为不爱，至少是无所谓。这显然很难，因为要有能打败"天命之谓性"的兵力。就理论说，叔本华像是应该有此强大的兵力，而且他写过一篇《论自杀》的文章，说无妨把自杀看作向自然的挑战。可是他却还是寿终的，这就可证，在这类生死事大的问题上，不率性而行，说说容易，真去做就难了。真去做是可生可死之间，选择了死，就原因说有两种情况：一种是为取义而舍生，如传说的伯夷、叔齐之饿死首阳山，文天祥之柴市就义，就是此类。另一种是为苦难之难忍而舍生，如因失恋、因患不治之症、因逃刑罚而自杀，就是此类，这算不算变了乐生的态度呢？似乎不能算，因为他们的生带有难忍之苦，是因为避苦才舍生；如果没有这难忍之苦，他们会同一般人一样，高高兴兴地活下去的。不乐生，即反天命，难。可以退一步，纯任自然，不执著于生死。庄子走的是这一条路，所以视妻死为无所谓，该歌唱的时候就照常鼓盆而歌。这比怕死确是高了一着，但也没有高到不乐生的程度，因为他不就官位的理由是宁曳尾于途中，仍然有活着比死好之意。总而言之，摆脱两面夹攻的困境，打退乐生的一方，这条路是难通的。只好调转兵力，试试天命的另一方，不得不死，能不能退让。办法有国产的。秦皇、汉武，揽尽人间之权，享尽人间之乐，当然更舍不得死，于是寄希望于方士，费力不小，花钱不少，结果是受了骗，汉武后来居上，勉强活过古稀，秦皇则未及知命，就都见了上帝。方士是骗人。还有自骗的，是道士的炼丹，据说九转之后，吃了就可以长生不老。可是葛洪之流终归还是死了，未能住今日的白云观。国产的不灵，还可以试试进口的。据说高科技的一支正在研究不能长生的原因，一旦明白了，依照因果规律，去其因自然就可以灭其果。与方士和道士相比，这是由幻想前进为科学，也许真就有希望吧？但这总是将来的事。远水不解近渴，就今日说今日，我们仍只能承认，想打退不得不死的天命，我们还办不到。也就不得不还面对死的问题。

　　依"天命之谓性，率性之谓道"之理，或只是依常识，死既不可免，我们所能求的只是：一、尽量晚些来；二、伴死而来的苦尽量减少。先说前一个要求，还间或有例外，即早死与晚死之间，如果允许选择，宜于选取前者。想到的有四种情况。一种，典型的例子是患不治且极端痛苦之症，至少就本人的意愿说，晚离开这个世界就不如早离开。另一种，如果我们接受传统的评价意见，王莽就不如早死些年，原因是如白居易作诗所咏叹，"向使当初身便死，一生真伪复谁知"。历史上不少大人物，如梁武帝、唐明皇之流，早死就少做不少荒唐事，也就以早见上帝为佳。还有一种，举近事为例，梅兰芳和老舍都是文化界的大名人，可是生命结束的情况有天渊之别，梅寿终正寝，老舍跳太平湖。梅何以得天独厚？也不过早死几年罢了。这样，以算盘决定行止，老舍就不如早死几年。还可以再说一种情况，是由老百姓的眼睛看。嗜杀人整人的暴君，高寿就不如早死，因为早死一天，小民就可以早一天解倒悬之苦。何以这样说？有典籍的所记为证。是"时日曷丧？予及汝皆亡"。但例外终归是例外，不能破坏通则；通则由常人常态来，总是认为，只要能活，还是以不死为好。

但是，以上例外的第一种情况使我们想到一个与法律和道德有关的大问题，是：如果一个人因某种原因确信自己生不如死，他应否享有选择死的自由，以及别人从旁帮助他实现死的愿望？法律和道德应否允许？这个问题很复杂，几乎复杂到难于讲清楚。清楚由讲理来，可惜在生死事大方面，常常像是不能讲理。不信就试试。人，称为人就有了生命，并从而有了活的权利；死也是与生命有不解之缘的，为什么人就没有这样的权利？有人也许会说，并没有人这样说，法律也没有明文规定。那就看事实。为什么事，某甲自杀，某乙看到，某乙有救或不救的两种自由，他可以任意行使一种自由，法律都不过问；可是道德过问，表现为自己的良心和他人的舆论，即救则心里安然，受到称赞，反之会心不安，受到唾骂。这是除自杀者本人以外，都不承认他有死的自由，甚至权利。为什么不承认？理由由直觉来，不是由理来。近些年来，据说也有不少人想到理，以具体事为例，如有的人到癌症晚期，痛苦难忍，而又确知必不治，本人希望早结束生命，主张医生可以助人为乐，帮助他实现愿望。这个想法，就理说像是不错，可是付诸实行就太难。难关还不止一个。前一个是总的，就是先要有个容许医生这样做的立法。立法要经过辩论，然后表决，推想这是同意一个人去死，没有造大反的勇气，投赞成票是很难的。还有后一个零星的难关，是医生和家属都是理学家而不管直觉。直觉是好死不如赖活着，即怕死，这是天命，一二人之些微的造反的想法是奈何它不得的。

　　这就还会留下伴死而来的苦，如何对待？上面说可以尽量求晚来，这，且不问容易不容易，也许有些用，因为有如还债，需要明年还的，总会比需要今年还的，显得轻松一些。但不会有大用，因为挨到明年，终归是不得不还。所以首要的还是想办法，求伴死而来的苦尽量减少。伴死而来的苦，有身的，有心的。身的苦，常识的范围大，包括接近死的或长或短的一段病苦，这可以借医疗的力量减轻。这一段的晚期，还可能包括这样的一段，丧失知觉而其他器官还在活动，算不算还在活着呢？自己以外的人说还在活着；自己就未必这样认为，因为不能觉知的活着，至少是主观方面，与死并没有分别。然后来了那个神秘的交界，由生到死（生命的终结）。这交界，如果用时间来表示，也许数理学家有办法，我们常人只好不求甚解，说是看表，几点几分，死了。这几点几分，即死，结束的大事，有没有苦（苦都是亲身感知的）？如果有，是什么样的？苏格拉底说，不知道，因为死，一生只有一次，还没经验过。

　　所以，我想，伴死而来的苦几乎都是心的，或干脆说，因为想活着，还能看这个、看那个、干这个、干那个，一想到必有个终结，就舍不得，因而怕。有什么办法可以变怕为不怕？可用的药方不止一种，但都未必能有特效，因为，正如孟德斯鸠所说，是"帝力之大，如吾力之为微"，天命之谓性。不率性是很难的。不得已，只好得病乱投医，甚至找个偏方试试。

一种办法由逻辑来，既然怕是由于舍不得生的一切，那就应该使生的一切成为不值得留恋。门路也可以有物的和心的两种。物的是生活的各个方面有苦而无乐，甚至苦到难忍的程度。这样的境遇也许能够起不乐生的作用，可是它会主动来吗？除了发疯，是没有人这样干的。还有，这样的境遇，如十年浩劫期间，被动来了，事实还是极少数自裁，绝大多数为保命而忍忍忍，可见境遇不佳也未必能够引来厌世思想。物的不成，门路还有一种心的。可以是佛家的娑婆世界，也可以是叔本华的悲观主义，总之，都说世间无乐，也就不值得爱恋。如果境真可以由心造，这想得不坏。可问题是，说容易，不要说做，真那样想也大难，因为，在书面上万法皆空，离开书面，黄金屋，颜如玉，总是实而又实的。

通过厌世以求不怕死，这个办法不成，只好试试另一种办法，是求功成名就。男婚女嫁，一切就做想做的事一了百了，一旦撒手而去也就可以瞑目。儒家，或说一般人，就是这样想的，有生之年，努力，立德，或立功，或立言，积累了不朽的资本，或下降，只是为儿孙留下可观的产业，也就可以平心静气地置坟茔，备棺木，迎接捐馆了吧？我的想法，这也是把惟危的人心看得太简单了。如曹公孟德，可谓功成名就，可是垂危之际，还谆嘱分香卖履，望西陵原上。谆嘱，总是因为舍不得，也就不能不怕。人总是人，《古诗十九首》说："生年不满百，常怀千岁忧。"不这样的终是太少了。

再一种办法是《庄子》的，还可以分为低和高两个层次，都见《大宗师》篇。低的是任运，就是生活中无论遇见什么不如意的事，都处之泰然，如设想的至人子舆病时所说："浸假而化予之左臂以为鸡，予因以求时夜；

浸假而化予之右臂以为弹，予因以求鸮炙；浸假而化予之尻以为轮，以神为马，予因以乘之，岂更驾哉！且夫得者时也，失者顺也，安时而处顺，哀乐不能入也。"死也是失，推想也必哀乐不能入，不能入是情不动，怕自然就消亡了。还有高的是"息我以死"，如果认识真能这样，劳累一生，最后死给送来安息，那就失变为得，与基督教的死后陪伴上帝，佛教净土宗的死后往生净土，成为一路，自然也就可以心安了。但这也会有缺点，是要有庄子设想的至人的修养，至于一般人，就会感到"仰之弥高"，甚至如"下士闻道"，大笑之吧?

最后还有一个办法，是多看宏观，多想哲理，也无妨试试。在宏观的内容中，生命，尤其一己的，究竟太渺小了。在哲理的思辨中，人生的价值会成为渺茫。渺小加渺茫，不执著也罢。

以上处方说了不少。可惜我们的怕死之病由天命来，根子太硬，也就几乎成为不治。所以野马跑了一大圈，转回来，想到生死事大，可能还是直觉占了上风，于是不能不说，有了生，还不得不结束，而且只此一次，终是太遗憾了。

思考死：有意义的徒劳

周国平

一

死亡和太阳一样不可直视。然而，即使掉头不去看它，我们仍然知道它存在着，感觉到它正步步逼近，把它的可怕阴影投罩在我们每一寸美好的光阴上面。

很早的时候，当我突然明白自己终有一死时，死亡问题就困扰着我了。我怕想，又禁不住要想。周围的人似乎并不挂虑，心安理得地生活着。性和死，世人最讳言的两件事，成了我的青春期的痛苦的秘密。读了一些书，我才发现，同样的问题早已困扰过世世代代的贤哲了。"要是一个人学会了思想，不管他的思想对象是什么，他总是在想着自己的死。"读到托尔斯泰这句话，我庆幸觅得了一个知音。

死之迫人思考，因为它是一个最确凿无疑的事实，同时又是一件最不可思议的事情。既然人人迟早要轮到登上这个千古长存的受难的高岗，从那里被投入万劫不复的虚无之深渊，一个人怎么可能对之无动于衷呢？然而，自古以来思考过、抗议过、拒绝过死的人，最后都不得不死了，我们也终将追随而去，想又有何用？世上别的苦难，我们可小心躲避，躲避不了，可咬牙忍受，忍受不了，还可以死解脱。唯独死是既躲避不掉，又无解脱之路的，除了接受，别无选择。也许，正是这种无奈，使得大多数人宁愿对死保持沉默。

金圣叹对这种想及死的无奈心境作过生动的描述：

"细思我今日之如是无奈，彼古之人独不曾先我而如是无奈哉！我今日所坐之地，古之人其先坐之；我今日所立之地，古之人之立之者，不可以数计矣。夫古之人之坐于斯，立于斯，必犹如我之今日也。而今日已徒见有我，不见古人。彼古人之在时，岂不默然知之？然而又自知其无奈，故遂不复言之也。此真不得不致憾于天地也，何其甚不仁也！"

今日我读到这些文字，金圣叹作古已久。我为他当日的无奈叹息，正如他为古人昔时的无奈叹息；而无须太久，又有谁将为我今日的无奈叹息？

无奈，只有无奈，真是夫复何言！

想也罢，不想也罢，终归是在劫难逃。既然如此，不去徒劳地想那不可改变的命运，岂非明智之举？

二

在雪莱的一篇散文中，我们看到一位双目失明的老人在他女儿搀扶下走进古罗马柯利修姆竞技场的遗址。他们在一根倒卧的圆柱上坐定，老人听女儿讲述眼前的壮观，而后怀着深情对女儿谈到了爱、神秘和死亡。他听见女儿为死亡啜泣，便语重心长地说："没有时间、空间、年龄、预见可以使我们免于一死。让我们不去想死亡，或者只把它当做一件平凡的事来想吧。"

如果能够不去想死亡，或者只把它当做人生司空见惯的许多平凡事中的一件来想，倒不失为一种准幸福境界。遗憾的是，愚者不费力气就置身于其中的这个境界，智者（例如这位老盲人）却须历尽沧桑才能达到。一个人只要曾经因想到死亡感受过真正的绝望，他的灵魂深处从此便留下了几乎不愈的创伤。

当然，许多时候，琐碎的日常生活分散了我们的心思，使我们无暇想及死亡。我们还可以用消遣和娱乐来转移自己的注意力。你看这些兴高采烈搓着麻将的人，他们哪里像是终有一死的可怜的生灵？可是，当你自己全神贯注地搓着麻将时，哪怕你是在写关于死亡的诗歌，你又何尝真正想着死亡？事业和理想是我们的又一个救主，我们把它悬在前方，如同美丽的晚霞一样遮盖住我们不得不奔赴的那座悬崖，于是放心向深渊走去。

可是，还是让我们对自己诚实些吧。至少我承认，死亡的焦虑始终在我心中潜伏着，时常隐隐作痛，有时还会突然转变为尖锐的疼痛。每一个人都必将迎来"没有明天的一天"，而且这一天随时会到来，因为人在任何年龄都可能死。我不相信一个正常人会从来不想到自己的死，也不相信他想到时会不感到恐惧。把这恐惧埋在心底，他怎么能活得平静快乐，一旦面临死又如何能从容镇定？不如正视它，有病就治，先不去想能否治好。

自柏拉图以来，许多西哲都把死亡看作人生最重大的问题，而把想透死亡问题视为哲学最主要的使命。在他们看来，哲学就是通过思考死亡而为死预作准备的活动。一个人只要经常思考死亡，且不管他如何思考，经常思考本身就会产生一种效果，使他对死亡习以为常起来。中世纪修道士手戴刻有骷髅的指环，埃及人在宴会高潮时抬进一具解剖的尸体，蒙田在和女人做爱时仍默念着死的逼近，凡此种种，依蒙田自己的说法，都是为了："让我们不顾死亡的怪异面孔，常常和它亲近、熟识，心目中有它比什么都多吧！"如此即使不能消除对死的恐惧，至少可以使我们习惯于自己必死这个事实，也就是消除对恐惧的恐惧。主动迎候死，再意外的死也不会感到意外了。

我们对于自己活着这件事实在太习惯了，而对于死却感到非常陌生，——想想看，自出生后，我们一直活着，从未死过！可见从习惯于生到习惯于死，这个转折并不轻松。不过，在从生到死的过程中，由于耳濡目染别人的死，由于自己所遭受的病老折磨，我们多少在渐渐习惯自己必死的前景。习惯意味着麻木，芸芸众生正是靠习惯来忍受死亡的。如果哲学只是使我们习惯于死，未免多此一举了。问题恰恰在于，我不愿意习惯。我们期待于哲学的不是习惯，而是智慧。也就是说，它不该靠唠叨来解除我们对死的警惕，而应该说出令人信服的理由来打消我们对死的恐惧。它的确说了理由，让我们来看看这些理由能否令人信服。

三

死是一个有目共睹的事实，没有人能否认它的必然性。因此，哲学家们的努力便集中到一点，即是找出种种理由来劝说我们——当然也劝说他自己——接受它。

理由之一：我们死后不复存在，不能感觉到痛苦，所以死不可怕。这条理由是伊壁鸠鲁首先明确提出来的。他说："死与我们无关。因为当身体分解成其构成元素时，它就没有感觉，而对其没有感觉的东西与我们无关。""我们活着时，死尚未来临；死来临时，我们已经不在。因而死与生者和死者都无关。"卢克莱修也附和说："对于那不再存在的人，痛苦也全不存在。"

在我看来，没有比这条理由更缺乏说服力的了。死的可怕，恰恰在于死后的虚无，在于我们将不复存在。与这种永远的寂灭相比，感觉到痛苦岂非一种幸福？这两位古代唯物论者实在是太唯物了，他们对于自我寂灭的荒谬性显然没有丝毫概念，所以才会把我们无法接受死的根本原因当做劝说我们接受死的有力理由。

令人费解的是，苏格拉底这位古希腊最智慧的人，对于死也持有类似的观念。他在临刑前谈自己坦然赴死的理由云："死的境界二者必居其一：或是全空，死者毫无知觉；或是如世俗所云，灵魂由此界迁居彼界。"关于后者，他说了些彼界比此界公正之类的话，意在讥讽判他死刑的法官们，内心其实并不相信灵魂不死。前者才是他对死的真实看法："死者若无知觉，如睡眠无梦，死之所得不亦妙哉！"因为"与生平其他日夜比较"，无梦之夜最"痛快"。

把死譬作无梦的睡眠，这是一种常见的说法。然而，两者的不同是一目了然的。酣睡的痛快，恰恰在于醒来时感到精神饱满，如果长眠不醒，还有什么痛快可言？

我是绝对不能赞同把无感觉状态说成幸福的。世上一切幸福，皆以感觉为前提。我之所以恋生，是因为活着能感觉到周围的世界，自己的存在，以及我对世界的认识和沉思。我厌恶死，正是因为死永远剥夺了我感觉这一切的任何可能性。我也曾试图劝说自己：假如我睡着了，未能感觉到世界和我自己的存在，假如有些事发生了，我因不在场而不知道，我应该为此悲伤吗？那么，就把死当做睡着，把去世当做不在场吧。可是无济于事，我太明白其间的区别了。我还曾试图劝说自己：也许，垂危之际，感官因疾病或衰老而迟钝，就不会觉得死可怕了。但是，我立刻发现这推测不能成立，因为一个人无力感受死的可怕，并不能消除死的可怕的事实，而且这种情形本身更是可怕。

据说，苏格拉底在听到法官们判他死刑的消息时说道："大自然早就判了他们的死刑。"如此看来，所谓无梦之夜的老生常谈也只是自我解嘲，他的更真实的态度可能是一种宿命论，即把死当做大自然早已判定的必然结局加以接受。

四

顺从自然，服从命运，心甘情愿地接受死亡，这是斯多噶派的典型主张。他们实际上的逻辑是，既然死是必然的，恐惧、痛苦、抗拒全都无用，那就不如爽快地接受。他们强调这种爽快的态度，如同旅人离开暂居的客店重新上路（西塞罗），如同果实从树上熟落，或演员幕落后退场（奥勒留）。塞涅卡说：只有不愿离去才是被赶出，而智者愿意，所以"智者决不会被赶出生活"。颇带斯多噶气质的蒙田说："死说不定在什么地方等候我们，让我们到处都等候它吧。"仿佛全部问题在于，只要把不愿意变为愿意，把被动变为主动，死就不可怕了。

可是，怎样才能把不愿意变为愿意呢？一件事情，仅仅因为它是必然的，我们就愿意了吗？死亡岂不正是一件我们不愿意的必然的事？必然性意味着我们即使不愿意也只好接受，但并不能成为使我们愿意的理由。乌纳穆诺写道："我不愿意死。不，我既不愿意死，也不愿意愿意死。我要求这个'我'，这个能使我感觉到我活着的可怜的'我'，能活下去。因此，我的灵魂的持存问题便折磨着我。""不愿意愿意死"——非常确切！这是灵魂的至深的呼声。灵魂是绝对不能接受寂灭的，当肉体因为衰病而"愿意死"时，当心智因为认清宿命而"愿意死"时，灵魂仍然要否定它们的"愿意"！但斯多噶派哲学家完全听不见灵魂的呼声，他们所关心的仅是人面对死亡时的心理生活而非精神生活，这种哲学至多只有心理策略上的价值，并无精神解决的意义。

当然，我相信，一个人即使不愿意死，仍有可能坚定地面对死亡。这种坚定性倒是与死亡的必然性不无联系。拉罗什福科曾经一语道破："死亡的必然性造就了哲学家们的全部坚定性。"在他口中，这是一句相当刻薄的话，意思是说，倘若死不是必然的，人有可能永生不死，哲学家们就不会以如此优雅的姿态面对死亡了。这使我想起了荷马讲的一个故事。特洛亚最勇敢的英雄赫克托耳这样动员他的部下："如果避而不战就能永生不死，那么我也不愿冲锋在前了。但是，既然迟早要死，我们为何不拼死一战，反把荣誉让给别人？"毕竟是粗人，说的是大实话，不像哲学家那样转弯抹角。事实上，从容赴死决非心甘情愿接受寂灭，而是不得已退求其次，注意力放在尊严、荣誉等仍属尘世的目标上的结果。

五

死亡的普遍性是哲学家们劝我们接受死的又一个理由。

卢克莱修要我们想一想，在我们之前的许多伟人都死了，我们有什么可委屈的？奥勒留提醒我们记住，有多少医生在给病人下死亡诊断之后，多少占星家在预告别人的忌日之后，多少哲学家在大谈死和不朽之后，多少英雄在横扫千军之后，多少暴君在滥杀无辜之后，都死去了。总之，在我们之前的无数世代，没有人能逃脱一死。迄今为止，地球上已经发生过太多的死亡，以至于如一位诗人所云，生命只是死亡的遗物罢了。

与我们同时以及我们之后的人，情况也一样。卢克莱修说："在你死后，万物将随你而来。"塞涅卡说："想想看，有多少人命定要跟随你死去，继续与你为伴！"蒙田说："如果伴侣可以安慰你，全世界不是跟你走同样的路吗？"

人人都得死，这能给我们什么安慰呢？大约是两点：第一，死是公正的，对谁都一视同仁；第二，死并不孤单，全世界都与你为伴。

我承认我们能从人皆有死这个事实中获得某种安慰，因为假如事情倒过来，人皆不死，唯独我死，我一定会感到非常不公正，我的痛苦将因嫉妒和委屈而增添无数倍。除了某种英雄主义的自我牺牲之外，一般来说，共同受难要比单独受难易于忍受。然而，我仍然要说，死是最大的不公正。这不公正并非存在于人与人之间，而是存在于人与神之间。上帝按照自己的形象造人，却不让他像自己一样永生。他把人造得一半是神，一半是兽，将渴望不朽的灵魂和终有一死的肉体同时放在人身上，再不可能有比这更加恶作剧的构思了。

至于说全世界都与我为伴，这只是一个假象。死本质上是孤单的，不可能结伴而行。我们活在世上，与他人共在，死却把我们和世界、他人绝对分开了。在一个濒死者眼里，世界不再属于他，他人的生和死都与他无关。他站在他自己的由生入死的出口处，那里只有他独自一人，别的濒死者也都在各自的出口处，并不和他同在。死总是自己的事，世上有多少自我，就有多少独一无二的死，不存在一个一切人共有的死。死后的所谓虚无之境也无非是这一个独特的自我的绝对毁灭，并无一个人人共赴的归宿。

六

那么——卢克莱修对我们说——"回头看看我们出生之前那些永恒的岁月，对于我们多么不算一回事。自然把它作为镜子，让我们照死后的永恒时间，其中难道有什么可怕的东西？"

这是一种很巧妙的说法，为后来的智者所乐于重复。

塞涅卡："这是死在拿我做试验吗？好吧，我在出生前早已拿它做过一次试验了！""你想知道死后睡在哪里？在那些未生的事物中。""死不过是非存在，我已经知道它的模样了，丧我之后正与生我之前一样。""一个人若为自己未能在千年之前活着而痛哭，你岂不认为他是傻瓜？那么，为自己千年之后不再活着而痛哭的人也是傻瓜。"

蒙田："老与少抛弃生命的情景都一样。没有谁离开它不正如他刚走进去。""你由死入生的过程无畏也无忧，再由生入死走一遍吧。"

事实上，在读到上述言论之前，我自己就已用同样的理由劝说过自己。扪心自问，在我出生之前的悠悠岁月中，世上一直没有我，我对此确实不感到丝毫遗憾。那么，我死后世上不再有我，情形不是完全一样吗？

真的完全一样吗？总觉得有点不大一样。不，简直是大不一样！我未出生时，世界的确与我无关。可是，对于我来说，我的出生是一个决定性的事件，由于它世界就变成了一个和我息息相关的属于我的世界。即使是那个存在于我出生前无穷岁月中的世界，我也可以把它作为我的对象，从而接纳到我的世界中来。我可以阅读前人的一切著作，了解历史上的一切事件。尽管它们产生时尚没有我，但由于我今天的存在，便都成了供我阅读的著作和供我了解的事件。而在我死后，无论世上还会（一定会的！）诞生什么伟大的著作、发生什么伟大的事件，都真正与我无关，我永远不可能知道了。

譬如说，尽管曹雪芹活着时，世上压根儿没有我，但今天我却能享受到读《红楼梦》的极大快乐，真切感觉到它是我的世界的一个组成部分。倘若我生活在曹雪芹以前的时代，即使我是金圣叹，这部作品和我也不会有丝毫关系了。

有时我不禁想，也许，出生得愈晚愈好，那样就会有更多的佳作、更悠久的历史、更广大的世界属于我了。但是，晚到何时为好呢？难道到世界末日再出生，作为最后的证人得以回顾人类的全部兴衰，我就会满意？无论何时出生，一死便前功尽弃，留在身后的同样是那个与自己不再有任何关系的世界。

自我意识强烈的人本能地把世界看做他的自我的产物，因此他无论如何不能设想，他的自我有一天会毁灭，而作为自我的产物的世界却将永远存在。不错，世界曾经没有他也永远存在过，但那是一个为他的产生做着准备的世界。生前的无限时间中没有他，却在走向他，终于有了他。死后的无限时间中没有他，则是在背离他，永远不会有他了。所以，他接受前者而拒绝后者，又有什么可奇怪的呢？

七

迄今为止的劝说似乎都无效，我仍然不承认死是一件合理的事。让我变换一下思路，看看永生是否值得向往。

事实上，最早沉思死亡问题的哲学家并未漏过这条思路。卢克莱修说："我们永远生存和活动在同样的事物中间，即使我们再活下去，也不能铸造出新的快乐。"奥勒留说："所有来自永恒的事物作为形式是循环往复的，一个人是在一百年还是两千年或无限的时间里看到同样的事物，这对他是一回事。"总之，太阳下没有新东西，永生是不值得向往的。

我们的确很容易想象出永生的单调，因为即使在现在这短促的人生中，我们也还不得不熬过许多无聊的时光。然而，无聊不能归因于重复。正如健康的胃不会厌倦进食，健康的肺不会厌倦呼吸，健康的肉体不会厌倦做爱一样，健全的生命本能不会厌倦日复一日重复的生命活动。活跃的心灵则会在同样的事物上发现不同的意义，为自己创造出巧妙的细微差别。遗忘的本能也常常助我们一臂之力，使我们经过适当的间隔重新产生新鲜感。即使假定世界是一个由有限事物组成的系统，如同一副由有限棋子组成的围棋，我们仍然可能像一个入迷的棋手一样把这副棋永远下下去。仔细分析起来，由死造成的意义失落才是无聊的至深根源，正是因为死使一切成为徒劳，所以才会觉得做什么都没有意思。一个明显的证据是，由于永生信念的破灭，无聊才成了一种典型的现代病。

可是，对此也可提出一个反驳："没有死，就没有爱和激情，没有冒险和悲剧，没有欢乐和痛苦，没有生命的魅力。总之，没有死，就没有了生的意义。"——这正是我自己在数年前写下的一段话。波伏娃在一部小说中塑造了一个不死的人物，他因为不死而丧失了真正去爱的能力。的确，人生中一切欢乐和美好的东西因为短暂更显得珍贵，一切痛苦和严肃的感情因为牺牲才见出真诚。如此看来，最终剥夺了生的意义的死，一度又是它赋予了生的意义。无论寂灭还是永生，人生都逃不出荒谬。不过，有时我很怀疑这种悖论的提出乃是永生信念业已破灭的现代人的自我安慰。对于古希腊人来说，这种悖论并不存在，荷马传说中的奥林匹斯众神丝毫没有因为不死而丧失了恋爱和冒险的好兴致。

好吧，让我们退一步，承认永生是荒谬的，因而是不值得向往的，但这仍然不能证明死的合理。我们最多只能退到这一步：承认永生和寂灭皆荒谬，前者不合生活现实的逻辑，后者不合生命本能的逻辑。

八

何必再绕弯子呢？无论举出多少理由都不可能说服你，干脆说出来吧，你无非是不肯舍弃你那可怜的自我。

我承认。这是我的独一无二的自我。

可是，这个你如此看重的自我，不过是一个偶然，一个表象，一个幻象，本身毫无价值。

我听见哲学家们异口同声地说，这下可是击中了要害。尽管我厌恶这种贬抑个体的立场，我仍愿试着在这条思路上寻求一个解决。

　　我对自己说：你是一个纯粹偶然的产物，大自然产生你的几率几乎等于零。如果你的父母没有结合（这是偶然的），或者结合了，未在那个特定的时刻做爱（这也是偶然的），或者做爱了，你父亲释放的成亿个精子中不是那个特定的精子使你母亲受孕（这更是偶然的），就不会有你。如果你父母各自的父母不是如此这般，就不会有你的父母，也就不会有你。这样一直可以推到你最早的老祖宗，在不计其数的偶然中，只要其中之一改变，你就压根儿不会诞生。难道你能为你未曾诞生而遗憾吗？这岂不就像为你的父母、祖父母、外祖父母等等等等在某日某辰未曾做爱而遗憾一样可笑吗？那么，你就权作你未曾诞生好了，这样便不会把死当一回事了。无论如何，一个偶然得不能再偶然的存在，一件侥幸到非分地步的礼物，失去了是不该感到委屈的。滚滚长河中某一个偶然泛起的泡沫，有什么理由为它的迸裂愤愤不平呢？

　　然而，我还是委屈，还是不平！我要像金圣叹一样责问天地："既已生我，便应永在；脱不能尔，便应勿生。如之何本无有我……无端而忽然生我；无端而忽然生者，又正是我；无端而忽然生一正是之我，又不容之少住……"尽管金圣叹接着替天地开脱，说既为天地，安得不生，无论生谁，都各个自以为我，其实未尝生我，我固非我，但这一番逻辑实出于不得已，只是为了说服自己接受我之必死的事实。

　　一种意识到自身存在的存在按其本性是不能设想自身的非存在的。我知道我的出生纯属偶然，但是，既已出生，我就不再能想象我将不存在。我甚至不能想象我会不出生，一个绝对没有我存在过的宇宙是超乎我的想象力的。我不能承认我只是永恒流变中一个可有可无旋生旋灭的泡影。如果这样，我是没有勇气活下去的。大自然产生出我们这些具有自我意识的个体，难道只是为了让我们意识到我们仅是幻影，而它自己仅是空无？不，我一定要否认。我要同时成为一和全，个体和整体，自我和宇宙，以此来使两者均获得意义。也就是说，我不再劝说自己接受死，而是努力使自己相信某种不朽。正是为了自救和救世，不肯接受死亡的灵魂走向了宗教和艺术。

九

　　"信仰就是愿意信仰；信仰上帝就是希望真有一个上帝。"乌纳穆诺的这句话点破了一切宗教信仰的实质。

　　我们第一不能否认肉体死亡的事实，第二不能接受死亡，剩下的唯一出路是为自己编织出一个灵魂不死的梦幻，这个梦幻就叫做信仰。借此梦幻，我们便能像贺拉斯那样对自己说："我不会完全死亡！"我们需要这个梦幻，因为如惠特曼所云："没有它，整个世界才是一个梦幻。"

　　诞生和死亡是自然的两大神秘。我们永远不可能真正知道，我们从何处来，到何处去。我们无法理解虚无，不能思议不存在。这就使得我们不仅有必要而且有可能编织梦幻。谁知道呢，说不定事情如我们所幻想的，冥冥中真有一个亡灵继续生存的世界，只是因为阴阳隔绝，我们不可感知它罢了。当柏拉图提出灵魂不死说时，他就如此鼓励自己："荣耀属于那值得冒险一试的事物！"帕斯卡尔则直截了当地把关于上帝是否存在的争论形容为一场赌博，理智无法决定，唯凭抉择。赌注下在上帝存在这一边，赌赢了就赢得了一切，赌输了却一无所失。反正这是唯一的希望所在，宁可信其有，总比绝望好些。

可是，要信仰自己毫无把握的事情，又谈何容易。帕斯卡尔的办法是，向那些盲信者学习，遵循一切宗教习俗，事事做得好像是在信仰着的那样。"正是这样才会自然而然使你信仰并使你畜牲化。"他的内心独白："但，这是我所害怕的。"立刻反问自己："为什么害怕呢？你有什么可丧失的呢？"非常形象！说服自己真难！对于一个必死的人来说，的确没有什么可丧失的。也许会丧失一种清醒，但这清醒正是他要除去的。一个真正为死所震撼的人要相信不死，就必须使自己"畜牲化"，即变得和那些从未真正思考过死亡的人（盲信者和不关心信仰者均属此类）一样。对死的思考推动人们走向宗教，而宗教的实际作用却是终止这种思考。从积极方面说，宗教倡导一种博爱精神，其作用也不是使人们真正相信不死，而是在博爱中淡忘自我及其死亡。

我姑且假定宗教所宣称的灵魂不死或轮回是真实的，即使如此，我也不能从中获得安慰。如果这个在我生前死后始终存在着的灵魂，与此生此世的我没有意识上的连续性，它对我又有何意义？而事实上，我对我出生前的生活确实懵然无知，由此可推知我的亡灵对我此生的生活也不会有所记忆。这个与我的尘世生命全然无关的不死的灵魂，不过是如同黑格尔的绝对精神一样的抽象体。把我说成是它的天国历程中的一次偶然坠落，或是把我说成是大自然的永恒流变中的一个偶然产物，我看不出两者之间究竟有何区别。

乌纳穆诺的话是不确切的，愿意信仰未必就能信仰，我终究无法使自己相信有真正属于我的不朽。一切不朽都以个人放弃其具体的、个别的存在为前提。也就是说，所谓不朽不过是我不复存在的同义语罢了。我要这样的不朽有何用？

十

现在无路可走了。我只好回到原地，面对死亡，不回避但也不再寻找接受它的理由。

肖斯塔科维奇拒绝在他描写死亡的《第十四交响乐》的终曲中美化死亡，给人廉价的安慰。死是真正的终结，是一切价值的毁灭。死的权力无可比拟，我们接受它并非因为它合理，而是因为非接受它不可。

这是多么徒劳：到头来你还是不愿意，还是得接受！

但我必须作这徒劳的思考。我无法只去注意金钱、地位、名声之类的小事，而对终将使自己丧失一切的死毫不关心。人生只是瞬间，死亡才是永恒，不把死透彻地想一想，我就活不踏实。

一个人只要认真思考过死亡，不管是否获得使自己满意的结果，他都好像是把人生的边界勘察了一番，看到了人生的全景和限度。如此他就会形成一种豁达的胸怀，在沉浮人世的同时也常常能跳出来加以审视。他固然仍有自己的追求，但不会把成功和失败看得太重要。他清楚一切幸福和苦难的相对性质，因而欢乐时不会忘形，痛苦时也不致失态。他知道生命给予每个人的只是暂时的使用权而非永久的所有权，所以能恰如其分地安排人生，不抱太大的野心，也不苛求自己。

奥勒留主张"像一个死者那样去看待事物""把每一天都作为最后一天度过"。例如，你渴望名声，就想一想你以及知道你的名字的今人后人都是要死的，便会明白名声不过是浮云。你被人激怒了，就想一想你和那激怒你的人都很快将不复存在，于是会平静下来。你感到烦恼或悲伤，就想一想曾因同样事情痛苦的人们哪里去了，便会觉得为这些事痛苦是不值得的。他的用意仅在始终保持恬静的心境，我认为未免消极。人生还是要积极进取的，不过同时不妨替自己保留着这样一种有死者的眼光，以便在必要的时候甘于退让和获得平静。

思考死亡的另一个收获是使我们随时做好准备，即使明天就死也不感到惊慌或委屈。尽管我始终不承认死是可以接受的，我仍赞同许多先哲的这个看法：既然死迟早要来，早来迟来就不是很重要的了。在我看来，我们应该也能够做到的仅是这个意义上的不怕死。

古希腊最早的哲人之一比阿斯认为，我们应当随时安排自己的生命，既可享高寿，也不虑早夭。卢克莱修说："尽管你活满多少世代的时间，永恒的死仍在等候着你；而那与昨天的阳光偕逝的人，比起许多月许多年以前就死去的，他死而不复存在的时间不会是更短。"奥勒留说："最长寿者将被带往与早夭者相同的地方。"因此，"不要把按你能提出的许多年后死而非明天死看成什么大事"。我觉得这些话都说得很在理。面对永恒的死，一切有限的寿命均等值。在我们心目中，一个古人，一个几百年前的人，他活了多久，缘何而死，会有什么重要性吗？漫长岁月的间隔使我们很容易扬弃种种偶然因素，而一目了然地看到他死去的必然性：怎么着他也活不到今天，终归是死了！那么，我们何不置身遥远的未来，也这样来看待自己的死呢？这至少可以使我们比较坦然地面对突如其来的死亡威胁。我对生命是贪婪的，活得再长久，也不能死而无憾。但是，既然终有一死，小心翼翼争取长寿便是不值得的，为寿命长短忧虑更是不必要的。能长寿当然好，如果不能呢，也没什么，反正是一回事！萧伯纳高龄时自拟墓志铭云："我早就知道无论我活多久，这种事情迟早总会发生的。"我想，我们这些尚无把握享有高龄的人应当能用同样达观的口吻说：既然我知道这种事情迟早总会发生，我就不太在乎我能活多久了。一个人若能看穿寿命的无谓，他也就尽其所能地获得了对死亡的自由。他也许仍畏惧形而上意义上的死，即寂灭和虚无，但对于日常生活中的死，即由疾病或灾祸造成的他的具体的死，他已在相当程度上克服了恐惧之感。

死是个体的绝对毁灭，倘非自欺欺人，从中绝不可能发掘出正面的价值来。但是，思考死对于生却是有价值的，它使我能以超脱的态度对待人生的一切遭际，其中包括作为生活事件的现实中的死。如此看来，对死的思考尽管徒劳，却并非没有意义。

对临终关怀者的叮咛

索甲仁波切

在一家我所知道的临终关怀医院里，一位近七十岁的女士，名叫艾米莉，罹患乳癌已经到了生命终点。她的女儿每天都会来探望她，两人的关系似乎很好。但当她的女儿离开之后，她几乎都是一个人孤零零地坐着哭。不久我才知道个中原委，因为她的女儿完全不肯接受她的死是不可避免的，总是鼓励母亲"往积极方面想"，希望能借此治好癌症。结果，艾米莉必须把她的想法、深度恐惧、痛苦和忧伤闷在心里，没有人可以分担，没有人可以帮助她探讨这些问题，更没有人可以帮助她了解生命，帮助她发现死亡的治疗意义。

生命最重要的事情，就是与别人建立无忧无虑而真心的沟通，其中又以与临终者的沟通最为重要。艾米莉的例子正是如此。

临终者常常会感到拘谨和不安，当你第一次探视他时，他不知道你的用意何在。因此，探视临终者请尽量保持自然轻松，泰然自若。临终者常常不说出他们心里真正的意思，亲近他们的人也常常不知道该说些什么或做些什么，也很难发现他想说什么，或甚至隐藏些什么。有时候连他们自己也不知道。因此，要紧的是，用最简单而自然的方式，缓和任何紧张的气氛。

一旦建立起信赖和信心，气氛就会变得轻松，也就会让临终者把他真正想说的话说出来。温暖地鼓励他尽可能自由地表达他对临终和死亡的想法、恐惧和情绪。这种坦诚、不退缩地披露情绪是非常重要的，可以让临终者顺利转化心境，接受生命或好好地面对死亡。而你必须给他完全的自由，让他充分说出他想说的话。

当临终者开始诉说他最私密的感觉时，不要打断、否认或缩短他正在说的话。末期病人或临终者正处于生命最脆弱的阶段，你需要发挥你的技巧、敏感、温暖和慈悲，让他把心思完全透露出来。学习倾听，学习静静地接受一种开放、安详的宁静，让他感到已经被接受。尽量保持放松自在，陪着你临终的朋友或亲戚坐下来。把这件事当做是最重要或最可爱的事情。

我发现在生命的所有严重情况里，有两件事最有用：利用常识和幽默感。幽默有惊人的力量，可以缓和气氛，帮助大家了解死亡的过程是自然而共通的事实，打破过分严肃和紧张的气氛。因此，尽可能熟练和温柔地运用幽默。

我也从个人经验中发现，不要用太个人化的观点来看待事情。当你最料想不到的时候，临终者会把你当做愤怒和责备的对象。诚如精神医师库布勒罗斯所说的："愤怒和责备可以来自四面八方，并随时随意投射到环境中去。"不要认为这些愤怒是真的对着你，只要想想这些都是源于临终者的恐惧和悲伤，你就不会做出可能伤害你们关系的举动。

有时候你难免会忍不住要向临终者传教，或把你自己的修行方式告诉他。但是，请你绝对避免这样做，尤其当你怀疑这可能不是临终者所需要的时候。没有人希望被别人的信仰所"拯救"。记住你的工作不是要任何人改变信仰，而是要帮助眼前的人接触他自己的力量、信心、信仰和精神。当然，如果那个人确实对修行持开放态度，也确实想知道你对修行的看法，就不要保留。

不要对自己期望太大，也不要期望你的帮助会在临终者身上产生神奇的效果或"拯救"他，否则你必然会失望。人们是以自己的方式过活，怎么活就怎么死。为了建立真正的沟通，你必须努力以他自己的生活、性格、背景和历史看待那个人，并毫无保留地接受他。如果你的帮助似乎没有什么效果，临终者也没有反应，不要泄气，我们不知道我们的关怀会产生什么影响。

表达无条件的爱

临终者最需要的是别人对他表达无条件的爱，越多越好。不要以为你必须是某方面的专家才办得到。保持自然，保持你平常的样子，做一个真正的朋友，如此，临终者将肯定你是真的关怀他，你是单纯而平等地跟他沟通。

我曾说过："对临终者表达无条件的爱。"但在某些情况下，这绝非易事。也许我们跟那个人有很长的痛苦历史，也许我们会对过去我们曾对他做的事感到愧疚，也许会对过去他对我们做的事感到愤怒和厌恶。

因此，我有两个非常简单的方法，帮助你打从内心对临终者产生爱。我和那些照顾临终者的学生们都发现这个方法很管用。第一，看着你眼前的临终者，想象他跟你完全一样，有相同的需要，有相同的离苦得乐的基本欲望，有相同的寂寞，对于陌生世界有相同的恐惧，有相同的隐秘伤心处，有相同的说不出的无助感。你将发现，如果你确实做到这一点，你的心将对那个人开放，爱会在你们两人之间呈现。

第二种方法，我发现这种方法更有效，就是把你自己直接放在临终者的立场上。想象躺在床上的人就是你，正在面临死亡；想象你痛苦而孤独地躺在那儿。然后，认真地问自己：你最需要的是什么？最希望眼前的朋友给你什么？

如果你做了这两种修习，就会发现临终者所要的正是你最想要的：被真正地爱和接受。

我也常常发现，病得很严重的人，期待被别人触摸，期待被看成活人而非病人。只要触摸他的手，注视他的眼睛，轻轻替他按摩或把他抱在怀里，或以相同的律动轻轻地与他一起呼吸，就可以给他极大的安慰。身体有它自己表达爱心的语言，使用它，不要怕，你可以带给临终者安慰和舒适。

我们常常忘记临终者正在丧失他的一切：他的房子，他的工作，他的亲情，他的身体，他的心。我们在生命里可能经验到的一切损失，当我们死亡时，全都集合在一起，临终者怎么可能不会有时悲伤，有时痛苦，有时愤怒呢？库布勒罗斯医师认为接受死亡的过程有五个阶段：否认、愤怒、讨价还价、失望、接受。当然，不见得所有人都会经过这五个阶段，或依照这个次序。对有些人来说，接受之路可能非常漫长而棘手；对其他人来说，可能完全达不到接受的阶段。我们的文化环境，不太教育人们了解自己的思想、情绪和经验，许多面临死亡及其最后挑战的人，发现他们被自己的无知欺骗了，他们感到挫折和愤怒，尤其当没有人想了解他们衷心的需要时。英国临终关怀先驱西斯里·桑德斯（Cicely Saunders）说："我曾经问过一位知道自己将不久于人世的人，他最想从照顾他的人身上得到什么，他说：'希望他们看起来像了解我的样子。'的确，完全了解另一个人是不可能的事，但我从未忘记他并不要求成功，只希望有人愿意试着了解他。"

重要的是，我们要愿意去尝试，而我们也要再三向他肯定，不论他感觉如何，不论他有什么挫折和愤怒，这都是正常的。迈向死亡将带出许多被压抑的情绪：忧伤、麻木、罪恶感，甚至嫉妒那些身体仍然健康的人。当临终者的这些情绪生起时，帮助他不要压抑；当痛苦和悲伤的波浪爆破时，要与他们共同承担；接受、时间和耐心地了解，会让情绪慢慢退去，会让临终者回到真正属于他们的庄严、宁静和理智。

不要搬弄学问，不要老是想寻找高深的话说。不必"做"或说什么就可以改善情况，只要陪着临终者就够了。如果你感觉相当焦虑和恐惧，不知道如何是好时，对临终者老实地承认，寻求他的帮助。这种坦白会把你和临终者拉得更近，有助于打开一个比较自由的沟通渠道。有时候临终者远比我们清楚他们需要什么样的帮助，我们需要知道如何引出他们的智慧，让他们说出他们所知道的。西斯里·桑德斯要求我们要提醒自己，当我们和临终者在一起时，我们并不是唯一的给予者。"所有照顾临终者的人迟早都会知道，他们收到的比他们给予的还要多，因为他们会碰到许多忍耐、勇气和幽默。我们需要这么说……"告诉临终者我们知道他们有勇气，常常可以启发他们。

我发现，有件事对我很受用，那就是：面对奄奄一息的人时，永远要记得他总是有某些地方是天生善良的。不管他有什么愤怒或情绪，不管他多么令你惊吓或恐慌，注意他内在的善良，可以让你控制自己而更能帮助他。正如你在跟好朋友吵架时，你不会忘记他的优点，对待临终者也要如此。不管有什么情绪产生，不要以此判断他们。你这样的承担，可以解放临终者，让他得到应有的自由。请以临终者曾经有过的开放、可爱和大方对待他们。

在比较深的精神层次里，不论临终者是否晓得，记得他们也有佛性和完全觉悟的潜能，这种想法对我的帮助很大。当临终者更接近死亡时，从许多方面来说，开悟的可能性更大。因此，他们值得更多的关怀和尊敬。

说 真 话

人们常问我："应该告诉临终者他正在接近死亡吗？"我总是回答："应该，告诉时要尽可能安静、仁慈、敏感和善巧。"从我多年探视病人和临终者的经验中，我同意库布勒罗斯医师的观察："大部分的病人都知道他们即将去世。他们从亲戚的泪水、家人紧绷着的脸中，意识到他们已日薄西山。"

我常发现，人们直觉上都知道他们已经为时不多，却依赖别人（医师或亲人）来告诉他们。如果家人不告诉他们的话，临终者也许会认为那是因为家人无法面对那个消息。然后，临终者也不会提起这个主题。这种缺乏坦诚的状况，只会使他感到更孤独、更焦虑。我相信，告诉病人实情是很重要的，至少他有权利知道。如果临终者没有被告知实情，他们怎能为自己的死作准备呢？他们怎能将生命中的种种关系作真正的结束呢？他们怎能帮助那些遗眷在他去世后继续活下去呢？

从一个修行人的观点来看，我相信临终是人们接受他们一生的大好机会。我看过许多人借着这个机会，以最有启示性的方式改变自己，也更接近自己最深层的真理。因此，如果我们能掌握机会，尽早仁慈而敏感地告诉临终者，他们正在步向死亡，我们就是确实在给他们机会提早准备，以便发现自己的力量和人生的意义。

让我告诉你一个故事，这是我从布里吉修女（Sister Brigid）那儿听来的，她是在爱尔兰临终关怀医院工作的天主教护士。六十来岁的莫菲先生和他太太，医生告知他在世的日子已经不多。第二天，莫菲太太到医院探视他时，两人谈着，哭了一整天。布里吉修女看到这对老夫妻边谈边哭泣，前后有三天之久，她怀疑自己是不是应该介入。不过，又隔一天，两位老人突然间变得很放松而安详，彼此温馨地握着对方的手。

布里吉修女在通道上拦住莫菲太太，问她到底发生了什么事，使得他们产生这么大的改变。莫菲太太说，当他们获知莫菲即将远离人间时，就回忆过去相处的岁月，想起许多往事。他们已经结婚近四十年，一谈到他们再也不能一起做事时，自然觉得悲伤。于是莫菲先生写了遗嘱和给成年儿女的遗书。这是很痛苦的一件事，因为实在很难放下，但他还是做了，因为莫菲先生想好好地结束生命。

布里吉修女告诉我说，莫菲先生又活了三个星期，夫妻两人安详宁静，给人一种平易近人和充满爱心的感觉。即使在她丈夫过世后，莫菲太太还是继续探视医院里的病人，鼓励那儿的每一个人。

从这个故事中，我了解到及早告诉人们他们即将过世，这是很重要的。同时，坦诚面对死亡的痛苦，也有很大的好处。莫菲夫妇知道他们将丧失很多东西，但在共同面对这些损失和悲痛之后，发现他们不会丧失他们之间永存的夫妻之爱。

临终的恐惧

我确信莫菲太太在此过程中，由于敢于面对她自己对于临终的恐惧，才能帮助她丈夫。除非你承认临终者对于死亡的恐惧多么扰乱你，让你自己产生多么不舒服的恐惧，否则你就不能去帮助他们。处理临终的事，就像面对一面明亮而残酷的镜子，把你自己的实相毫无保留地反映出来。你看到自己极端痛苦和恐惧的脸。如果你不能注视并接受你自己痛苦和恐惧的脸，你怎能忍受在你面前的那个人呢？当你想帮助临终的人时，你必须检查自己的每一个反应，因为你的反应将反映在临终者身上，大大影响到你是在帮助他还是伤害他。

在你迈向成熟的旅程上，坦诚正视自己的恐惧，也将对你有所帮助。我认为，加速自己成长的方法，莫过于照顾临终者，因为他能让你对死亡作一个深度的观照和反省。当你在照顾临终者时，你会深刻地了解到，什么是人生最重要的问题。学习帮助临终者，就是开始对自己的临终不畏惧和负责任，并在自己身上发起不曾觉察的大慈悲心。

觉察自己对于临终的恐惧，非常有助于你觉察临终者的恐惧。请深入想象临终者可能会有的情况：恐惧愈来愈强而无法控制的痛，恐惧受苦，恐惧尊严荡然无存，恐惧要依赖别人，恐惧这辈子所过的生活毫无意义，恐惧离开所爱的人，恐惧失去控制，恐惧失去别人的尊敬……也许我们最大的恐惧就是对于恐惧本身的恐惧，愈逃避，它就变得愈强大。

通常当你感到恐惧时，你会感到孤独寂寞。但是当有人陪着你谈他的恐惧时，你就会了解恐惧原来是普遍的现象，个人的痛苦就会因而消失。你的恐惧被带回到人类普遍的脉络里。然后，你就能够比过去更积极、更具启发性、更慈悲地来了解和处理恐惧。

当你成长到足以面对并接受自己的恐惧时，你将对于面前的人的恐惧更敏感，你也会发展出智慧来帮助人，把他的恐惧坦白表达出来，面对它，并善巧地驱除。你会发现，面对自己的恐惧，不仅可以让你变得比较慈悲、勇敢和聪明，还可以让你变得比较善巧。那种善巧将使你懂得运用许多方法，来帮助临终者了解和面对自己。

我们最容易驱除的恐惧就是担心在死亡过程中会有舒缓不了的痛苦。我认为世上的每一个人目前都可以不需要有这种恐惧了。肉体的痛苦必须被减到最少，毕竟死亡的痛苦已经够多了。伦敦圣克里斯多福临终关怀医院是我很熟悉的一家医院，我的几位学生就是在那儿过世的。那家医院所作的一项研究显示，只要给予正确的照顾，百分之九十八的病人都可以死得安详。临终关怀运动已经发展出各种以合成药物控制痛苦的方法，而不只是使用麻醉剂。佛教上师强调临终时要意识清醒，心要尽可能清明、无挂碍和宁静。达到这个状态的首要条件，就是控制痛苦而不是遮蔽临终者的意识。目前这是可以办到的事：在最紧要的时刻里，每个人都应该有权利获得这个简单的帮助。

未 完 成 的 事

临终者经常会为一些未完成的事焦虑。上师告诉我们必须安详地死，"没有攀缘、渴望和执著"。如果我们不能清理一生未完成的事就不可能全然地放下。有时候你会发现，人们紧紧抓住生命，害怕放下去世，是因为他们对自己过去的所作所为不能释怀。当一个人去世时还怀着罪恶感或对别人有恶意，那些尚存者就会受到更多的痛苦。

　　有时候人们会问我："治疗过去的痛苦不是太晚了吗？我和我临终的亲友之间有这么多的痛苦经验，还可能愈合吗？"我的信念和经验告诉我，绝不会太晚。即使经过巨大的痛苦和虐待，人们仍然可以发现彼此宽恕的方法。死亡的时刻有它的庄严、肃穆和结局，比较能够让人接受和准备宽恕，这是他们从前不能忍受的。即使在生命的最尾端，一生的错误还是可以挽回的。

　　我和那些照顾临终者的学生发现，有一个非常有效的方法可以帮助他们完成未了的事。这个方法取材自佛教的"施受法"（Tonglen，意为给予和接受）和西方的"完形治疗"（Gestalt，完形心理治疗法是一种心理治疗法，可以帮助人处理未完成的心事）。完形治疗是克莉斯汀·龙雅葛（Christine Longaker）设计的，克莉斯汀是我最早期的学生，在她的丈夫死于白血病之后，进入临终关怀的研究领域。未完成的事往往是沟通受阻的结果。当我们受伤之后，常常会处处防卫自己，总是以自己的立场争辩，拒绝去了解别人的观点。这不但毫无帮助，还冻结了任何可能的交流。因此，在你做这种修习时，必须把所有的负面思想和感觉都提出来，然后尝试了解、处理和解决，最后是放下。

　　现在，观想眼前这个令你感到棘手的人。在你的心眼里，看到他如同往昔一般。想象现在真有改变发生了。他变得比较愿意接受和听你要说的话了，也比较愿意诚恳地解决你们两人之间的问题。清晰地观想他是在这种崭新的开放状态中，这会帮助你对他持更开放的态度。然后在心中真正感觉最需要向他说的话是什么，告诉他问题在哪里，告诉他你的一切感觉、你的困难、你的伤害、你的遗憾；告诉他过去你觉得不方便、不适合说的话。

现在拿一张纸，写下所有你想说的话。写完之后，再写下他可能回答你的话。不要想他习惯会说的话。记住，就像你所观想的，现在，他真的已经听到你说的话了，也比较开放了。因此，想到什么就写什么，同时在你的心里，也允许他完全表达他的问题。

想想是否还有其他你想对他说的话，或任何你一直保留或从未表达的旧创伤或遗憾。同样地，写完你的感觉之后，就写下他的反应，想到什么就写什么。继续这种对话，直到你确实觉得再也没有什么好保留的话为止。

准备结束对话时，深深地问你自己，是否现在可以全心放下过去的事，是否满意这种纸上对谈所给你的智慧和治疗，是否能让你原谅他，或者让他原谅你。当你觉得你已经完成了这件事，记住要表达你可能一直保留不说的爱或感激，然后说再见。观想他现在离开了，即使你必须放下他，记住你在心里永远能够保留他的爱，以及过去最美好的回忆。

为了让过去的困难更清楚地和解，找一位朋友，把你的纸上对谈念给他听，或者自己在家里大声地念。当你大声读完这些对话之后，你将惊讶地注意到自己的改变，仿佛已经实际和对方沟通过，也和他一起实际解决了所有的问题。然后，你将发现更容易放下，更容易和对方直接讨论你的困难。当你已经确实放下后，你和他之间的关系，就会发生微妙的转变，长久以来的紧张关系往往从此融化。有时候，更惊人地，你们甚至会成为最好的朋友。千万不要忘记西藏著名的宗喀巴（Tsongkhapa）大师曾经说过："朋友会变成敌人，敌人也会变成朋友。"

道　别

你必须学会放下的，不只是紧张关系而已，还有临终者。如果你攀缘着临终者，你会带给他一大堆不必要的头痛，让他很难放下和安详地去世。

有时候，临终者会比医生所预计的多活几个月或几个星期，经验到深刻的肉体痛苦。龙雅葛发现，这样的人要放下而安详地去世，必须从他所爱的人那里听到两个明确的口头保证：第一，允许他去世。第二，保证在他死后，他会过得很好，没有必要为他担心。

当人们问我如何允许某人去世时，我就会告诉他们，想象坐在他们所爱的人床边，以最深切、最诚恳的柔和语气说："我就在这里陪你，我爱你。你将要过世，死亡是正常的事。我希望你可以留下来陪我，但我不要你再受更多苦。我们相处的日子已经够了，我将会永远珍惜。现在请不要再执著生命，放下，我完全诚恳地允许你去世。你并不孤独，现在乃至永远。你拥有我全部的爱。"

一位在临终关怀医院工作的学生，告诉我有一位年老的苏格兰妇女玛琪，在她的丈夫昏迷不省人事几近死亡时，来到医院。玛琪伤心欲绝，因为她从来没有把她对丈夫的爱说出来，也没有机会道别，她觉得太迟了，医院的工作者鼓励她说，虽然病人看起来没有反应，但他可能还可以听到她说话。我的学生读过文章提到，许多人虽然丧失意识，但事实上知觉作用仍然存在。她鼓励玛琪花些时间陪丈夫，告诉他心里头想说的话。玛琪没有想过要这么做，但还是接受建议，告诉丈夫过去相处的一切美好回忆，她多么想他，多么爱他。最后，她对丈夫说了一声再见："没有你，我会很难过，但我不想看到你继续受苦，因此你应该放下了。"一说完这句话，她的丈夫发出一声长叹，安详地过世。

不仅是临终者本人，还有他的家人，都应该学习如何放下。临终关怀运动的一项成就是：帮助全家人面对悲痛和对于未来的不安全感。有些家庭拒绝他们亲爱的人离开，认为这么做是一种背叛的行为，或是一种不爱他们的象征。龙雅葛劝这些家人想象他们是在临终者的位置上："想象你就站在一艘即将起航的邮轮甲板上。回头看岸上，发现你所有的亲友都在向你挥手再见。船已经离岸了，你除了离开之外，别无选择。你希望你亲爱的人如何向你说再见呢？在你的旅程中，怎样才能对你帮助最大呢？"

像这样简单的想象，对于每一个家人在克服说再见的悲痛上，会有很大的帮助。

有时候人们问我："我应该怎样对我的小孩提及亲人的死亡呢？"我告诉他们必须小心，但要说真话。不要让小孩认为死亡是奇怪或可怖的事。让小孩尽量参与临终者的生活，诚实地回答他可能提出的任何问题。小孩天真无邪，能够替死亡的痛苦带来甜蜜、轻松，甚至幽默。鼓励小孩为临终者祈祷，让他觉得他能提供实际的帮助。在死亡发生之后，记住要给小孩特别的关怀和爱。

走向安详的死亡

当我回忆起在西藏所见过的死亡时，对于许多人都是死在宁静和谐的环境中，感受很深。这种环境常常是西方所欠缺的，但我最近二十年的亲身经验显示，只要有想象力，还是可以创造的。我觉得，在可能的情况下，人们应该死在家里，因为家是大多数人觉得最舒服的地方。佛教上师们所宣扬的安详死亡，在熟悉的环境里是最容易做到的。但如果有人必须死在医院里，身为死者所挚爱的你们，还是有很多方法可以把死亡变成简单而有启示性的事。带来盆栽、花、照片、家人亲友的相片、儿子和孙子的图画、匣式放声机和音乐带，可能的话，还有家里煮来的饭菜。你甚至可以要求医院让小孩来探视，或让亲友在病房过夜。

如果临终者是佛教徒或其他宗教的信徒，朋友们可以在房间内摆设小神龛，供奉圣像。我记得我有一个学生名叫雷纳，他是在慕尼黑一家医院的单人病房过世的。朋友们为他在房间内摆设小佛堂，供奉他上师的照片。我看过之后非常感动，我了解这种气氛对他的帮助有多大。中阴教法告诉我们，在一个人临终时，要为他摆设佛龛和供品。看到雷纳的恭敬和心灵的宁静，我了解到这种做法的力量有多大，能够启示人们把死亡变成一种神圣。

当一个人已经很接近死亡时，我建议你要求医院人员少去干扰他，同时不要再做检验。常常有人问我对于死在加护病房的看法。我必须说，在加护病房中，很难安详地死去，而且无法在临终时刻作任何修行。因为在那里，临终者完全没有隐私可言：监测器接在他身上，当他停止呼吸或心跳时，医护人员就会用人工心肺复苏器来急救。死亡之后，也没有机会像上师们所开示的那样让身体一段时间不受干扰。

如果可以，应该告诉医师在病人回天乏术时，征得临终者的同意，把他安排到单人病房去，拿掉所有的监测器。确定医护人员了解和尊重临终者的意愿，尤其是他不想用复苏器急救的话；也要确定在人死后不要让医护人员去干扰，越久越好。当然，在现代医院里不可能像西藏风俗一般，不动遗体三天，但应该尽可能给予死者宁静和安详，以便帮助他们开始死亡之后的旅程。

当一个人确实已经到了临终的最后阶段时，你也要对他停止一切注射和侵犯性的治疗。这些会引起愤怒、刺激和痛苦，因为让临终者的心在死前尽可能保持宁静，是绝对重要的。

大多数人都是在昏迷状况下去世的。我们从濒死经验中学到一个事实：昏迷者和临终病人对于周遭事物的觉察，可能比我们所了解的来得敏锐。许多有濒死经验的人提到神识离开肉体的经验，不仅能够详细描述周遭的事物，甚至知道其他病房的情形。这清楚地显示，不断积极地对临终者或昏迷者讲话有多么重要。要对临终者表达明确、积极、温馨的关怀，持续到他生命的最后时刻，甚至死后。

我寄望于此文的是，全世界的医师都能够非常认真地允许临终者在宁静和安详中去世。我要呼吁医界人士以他们的善意，设法让非常艰苦的死亡过程尽可能变得容易、无痛苦、安详。安详地去世，确实是一项重要的人权，可能还比投票权或公平权来得重要。所有宗教传统都告诉我们，临终者的精神未来和福祉大大地倚赖这种权利。

没有哪一种布施会大过于帮助一个人好好地死亡。

关于死亡

列夫·托尔斯泰

一

"死亡是不存在的。"真理的声音告诉人们，"耶稣对他说，复活在我，生命也在我。信我的人虽然死了，也必复活。凡活着信我的人，必永远不死。你信这话吗？"

"死亡是不存在的"，世界上所有伟大的导师都这样说过，现在还在这样说，千千万万理解生命意义的人也以自己的生命证明了这一点。每一个活着的人都能在自己的心灵里、在意识觉醒的时刻感觉到这一点。但不理解生命的人却不可能不害怕死。他们看得见死亡，也相信死亡。

"怎么会不存在死亡？"这些人愤怒地、恶狠狠地叫道，"这是诡辩！死亡就在我们面前，它已经夺走了千千万万人的生命，也将夺走我们的生命。不管别人怎么说死亡是不存在的，它仍旧存在着。瞧，那就是它！"他们看见了他所说的死亡，就像有精神病的人看见了威胁着他的幻影。他不能触摸到这幻影，它从来也没有碰到过他。对这幻影的意图他一点也不知道，但他是那么害怕它，由于这个想象中的幻影而痛苦不堪，以致失去了生的可能。对死亡的态度也是这样。人并不了解自己的死亡，永远也不可能认识它，它从来也没有触摸过人，对它的意图人一点也不了解。那么，他有什么好害怕的呢？

"死亡确实是还没有抓住我，但它将要抓住我，我知道得很清楚，它将抓住我并毁灭我。这很可怕。"不理解生命的人这样说。

如果对生命抱有错误概念的人能心平气和地、公正地想一想他们所抱有的那种生命概念的基础，他们就应该得出一个结论，即在我们的肉体生存中将要发生的那个变化（我们把它称之为死亡），是一直不停地在所有的生物身上发生的，它没有什么不愉快，没有什么可怕的。

我将要死。那有什么可怕的？要知道，在我的肉体生存中，已经发生过多少各种各样的变化了，难道我害怕过它们吗？那我为什么要害怕这个还没有到来的死亡呢？死亡不仅不与我的理性和经验相对立，而且它对我是那么容易理解、那么熟悉、那么自然，在我的生命过程中，我过去和现在都经常这样来理解动物和人的死亡：即把它看作生命的一种必需的、使我感到愉快的条件。那么，死亡有什么可怕的呢？

　　只有两种严格地说来是合乎逻辑的生命观：一种是错误的，即把生命理解为一种看得见的现象，它存在于我们的肉体之中，即从生到死的过程；另一种是正确的，即把生命理解为一种我们都具有的看不见的意识。一种是错误的，另一种是正确的，但两者都是合乎逻辑的，人们不管是持有两种生命观中的哪一种，都不应该害怕死亡。

　　第一种错误的生命观把生命理解为发生在人的肉体中的一种现象，即人从生到死的过程，这种生命观与这个世界一样古老。它并不像许多人所想的那样，是当代的自然科学和哲学造就出来的，当代的科学和哲学只不过使它发展到极端罢了。在它发展到极端的情况下，这种生命观与人的天性的基本需求之间的矛盾就比过去表现得更明显了。这是一种人类处在较低发展水平时的古老原始的生命观，中国人、佛教徒、犹太人和约夫的书中都用一句名言表达这样的观点："人本尘土，仍归尘土。"

　　现在这种生命观是这样表达的：生命——这是表现在时间和空间中的物质力量的一种偶然的游戏，我们称之为意识的那个东西其实并不是生命，而只是一种感情的骗局，在这骗局中我们就觉得生命存在于意识之中。意识只是无知在某种状态下迸发的一种火花。这火花迸发出来，燃烧着，然后逐渐熄灭，最后就完全熄灭了。这种火花，亦即意识，只是物质在无限的时间的两极之间短暂的一瞬间所感觉到的某种东西，其实它是虚幻的。尽管意识看到了自己和整个无限的世界，评判着自己和整个无限的世界，看到了这个世界所有偶然的游戏，更主要的是，意识注意到这种游戏与不是偶然的东西是不同的，意识把这种游戏说成是偶然的。但这个意识本身却仍旧只是死的物质的产物，是一种幻影，产生的时候无声无息，消失了以后也不会留下任何痕迹。一切东西都是不断变化着的物质的产物，被人们称为生命的那个东西也只是死的物质的某种状态而已。

第一种生命观就是这样。这种生命观完全合乎逻辑。按照这种生命观，人的理性意识只是与物质的某种状态相伴随的偶然现象。因此，我们在自己的意识中称之为生命的东西只是一种幻影，世界上只存在死的东西。我们称之为生命的东西只是死的一种游戏。按照这种观点，不仅死亡不应该使人觉得可怕，相反倒是生命应该使人觉得可怕，因为它是不自然的、非理性的，就像佛教徒和现在一些新的悲观主义者，如叔本华、哈特曼所说的那样。

另一种生命观是这样的：生命就是我在自己身上所意识到的那个东西。我总是能意识到自己的生命，不是因为我曾经有过生命或将要有生命，而是因为我此刻有着生命，这生命既没有开始，也永远没有终结，对我的生命的意识与时空的概念无关。我的生命是表现在时空之中的，但这只是它的表现而已，被我所意识到的生命本身是超越时空的。这种生命观点所得出的结论就与第一种生命观所得出的结论相反了：对生命的意识不是一种幻影，而肉体在时空中的存在倒是虚幻的。按照这种生命观，肉体的生存在时空中的停止没有任何实在的意义，它不仅不能中止，而且也不能破坏我的真正的生命。按照这种生命观，死亡是不存在的。

无论持有第一种还是第二种生命观，都不会害怕死亡，只要你严格地遵循你的生命观。

无论动物性的人或理性的人都不可能害怕死亡：动物性的人没有对生

命的意识，看不到死亡；而理性的人在动物性的死亡中看到的只是物质的一种自然的永不停止的运动，除此以外别无其他。如果说人害怕，那他害怕的不是他不了解的死亡，而是他的动物性和理性都了解的生命。人们对死亡的恐惧中所表达的只是对生命的内在矛盾的意识，正如对幻影的恐惧也只是对病态心理的意识。

　　"我不再存在了，我将要死去。我认为自己的生命存在于其中的那些东西也将要死去。"一个声音对人说。"我活着。"另一个声音对人说，"我不能死，也不应该死。我现在不应该死，我应该将来死。"在想到死亡的时候感到恐惧的原因不是死亡的本身，而是这种矛盾：对死亡的恐惧不在于人害怕自己肉体生存的停止，而在于他觉得那将要死去的东西是不会死和不应该死的。关于将来要死亡的念头实际上是把将来的死转变成了现在的死。已经出现了的未来肉体死亡的幻影不是关于死的思想的觉醒，而恰恰相反，这是关于生命的思想的觉醒，这生命是人应该有而现在还没有的。这种感觉就类似于一个被埋在棺材里的人忽然苏醒过来时所应该体验到的感觉。世界上有生命，而我却死了，瞧，这就是死亡！想到那应该活着的东西却将要死去，人的头脑眩晕了，害怕了。对死亡的恐惧并不是对死亡本身的恐惧，而是对错误的生命的恐惧的最好证明：常常有人因为害怕死亡而自杀。

　　关于肉体死亡的念头之所以使人们感到恐惧，不是因为他们担心他们的生命就随着肉体的死亡而终结了，而是因为肉体的死亡清楚地向他们揭示出他们所没有的真正的生命的必然性。因此，不理解生命的人不喜欢提到死亡。提到死亡就等于是要他们承认，他们所过的生活不是他们的理性意识所要求他们过的那种生活。

害怕死亡的人之所以害怕，是因为在他们看来死亡就是空虚和黑暗。但他们只看到空虚和黑暗是因为他们没有看到真正的生命。

二

不理解生命的人，只要他们走近那个使他们感到恐惧的幻影，触摸一下它，他们就会看到，那只是个幻影罢了，并不是真实的。

人们总是恐惧死亡是因为他们害怕随着肉体的死亡而失去那个组成了他们生命的（他们这样觉得）独特的我。我死了，肉体腐烂了，那个我就毁灭了。我，就是那个在我的肉体中活了许多年的东西。

人们珍爱那个我。人们认为，那个我是与他们的肉体同在的，因此他们得出结论，那个我必定随着他们肉体生命的灭亡而灭亡。

很少有人想到要去怀疑这个最平常的结论，而实际上这个结论却完全是臆断的。无论是自认为唯物论者的人，还是自认为唯灵论者的人，都习惯于认为，他们的我就是他们对自己那活了若干年的肉体的意识，他们从来也没想到要去检验一下这个结论正确与否。

我活了五十九年，在整个的这段时间里，我在自己的肉体中意识到我的存在，我觉得，这种对自我的意识就是我的生命。但要知道，这只是我觉得而已。无论我活了五十九年，还是五万九千年，还是五十九秒；无论是我的肉体，还是我的肉体存在的时间，其实都不能确定我的生命就是那个我。如果我在生活中的任何时刻在自己的意识中问自己："我是什么？"我一定会回答，我就是我那个在思想、在感觉的东西，也就是对世界有完全的自己的独特态度的那个东西。我只把这个东西认为是我，其他的东西一概不是。关于我在何时何地诞生的，我在何时何地开始感觉和思想，我现在在怎样想和怎样感觉，我一点也意识不到。我的意识只对我说："我存在着。"是的，我存在着，怀着对我置身于其中的那个世界的态度存在着。关于自己的出生、自己的童年，青年时代的许多往事，中年时期，关于许多不久以前的事，我常常一点也不记得。如果我想起了什么事情，或者别人对我提到我过去的什么事情，我回想起来就像是别人对我在讲其他什么人的事。因此，我凭什么断定，在我所生存的整个时间里，我就是那个固定不变的我呢？要知道，过去没有、现在也没有固定不变的我的肉体，我的肉体过去和现在都是在不断变化的物质，它已经改变过几十次了，原有的东西早就不存在了，肌肉、内脏、骨骼，全都改变过了。

我的肉体之所以是整一的，是因为有一种非物质的东西存在，它把这个不断变化着的肉体看成是整一的和自己的，这个非物质的东西，我们把它称之为意识。正是它支撑着整个的肉体，并把这肉体看成是整一的和自己的。没有这种把自己看成是与别人不同的东西的意识，我就不可能了解自己的生命，也不可能了解任何别人的生命。因此，第一眼看起来，一切的基础——意识，应该是稳固和不中断的。但这却错了，意识并不是稳固和不中断的。在人的一生中，梦是经常出现的。我们觉得梦似乎很平常，因为我们每天都睡觉，经常做梦。但其实梦是完全不可理解的，如果我们一定要承认那不能不承认的东西，我们就得承认，在做梦的时候，意识有时完全停止了。

每天夜里，当人沉浸在梦乡里的时候，意识完全停止了，经过一段时间又恢复了。而这个意识却是支撑整个肉体的唯一基础，并且它还承认这个肉体是自己的。事情似乎应该是这样的，即意识停止的时候，肉体也应该分裂，不再是一个独立的个体。但事实上却不是这样，无论是在自然的梦中，还是在艺术所描绘的梦中都不是这样。

支撑整个肉体的意识经常停止，但肉体却不分裂。此外，这个意识也像肉体一样是不断变化的。正如十年前的肉体中的物质已经完全不是今天的肉体中的物质那样，正如肉体不是固定不变的那样，人的意识也不是固定不变的。我三岁时的意识与今天的意识已经完全不同，正如我三十年前的肉体与今天的肉体已经完全不同一样。没有什么固定不变的意识，只有一系列连续的逐渐变化的意识，它可以分割得无限细微。

支撑着整个肉体，并把它认为是自己的那个意识，不是什么固定不变的东西，而是一种经常停止和不断变化的东西。在人的身上，没有什么是我们平常所想象的那种固定不变的意识，正如没有固定不变的肉体一样。人的肉体不是固定不变的，也没有什么特殊的东西使一个人的肉体与其他人完全不同。在人的一生中，他的意识不是固定不变的，有的只是一系列不断变化、而又用某种东西相互联结起来的意识，但人仍旧能感觉到自己的存在。

我们的肉体不是整一不变的，意识把不断变化着的肉体看成是整一的和我们的，但这意识也并不是整一的，而只是一系列变化着的意识的结合体。我们已经无数次地失去过我们的肉体和我们的意识。我们失去肉体是经常的，而失去意识则是每天都在发生，即当我们睡着的时候。我们每天每时都感觉到自己的意识在变化，但我们一点也不害怕。或许，如果有这样一个我们害怕在死亡的时候将失去的、我们的我的话，那这个我不应该存在于我们将其称之为自己的那个肉体之中，也不应该存在于在某些时候我们将其称之为自己的那个意识之中，而应该存在于另一个把所有连续变化的意识联结为一个整体的东西之中。

那个把一系列连续的意识联结成一个整体的东西究竟是什么？那个既不是由我的肉体的存在所形成，也不是由肉体中产生的一系列意识所形成，但却是根本的、所有各种各样连续不断的意识都像贯穿在一根轴上一样地依次贯穿在其上的那个我究竟是什么？问题似乎非常深奥而费解，但没有一个小孩不能回答这个问题，他们一天要把这个问题的答案说上二十次："我爱这个，我不爱那个。"这话非常简单，但其中却包含着一个问题的答案，即那个把所有的意识联结成一个整体的特殊的我是什么。这个我爱这个，却不爱那个。为什么一个人爱这个，却不爱那个？谁也不能回答。而正是这个组成了每个人生命的基础，正是它把每个人的各种各样的有先有后的意识组成了一个整体。外部的世界同样作用在所有人的身上，但即使处在完全相同的条件下的人，按照他们接受的数量和强度的不同，他们所得到的印象也是极其多种多样的。正是由这些印象组成了每个人的意识。所有这些连续不断的意识之所以能联结起来，是由于实际上只有一些印象在作用于人的意识，而另一些却并不发生作用。之所以有一些印象发生作用，而另一些印象不发生作用，是因为他或多或少地更爱这个，而不爱那个。

只是由于这种有多有少的爱，因而在人的头脑里就形成了这样的而不是那样的意识。这种更爱这个而不爱那个的特点就是那个独特的、基本的我，在这个我的身上所有零零落落、断断续续的意识就联结成了一个整体。这种特点尽管在我们的一生中也会发展，但它却是从某种看不见的、我们所不了解的过去中被我们带入到此生中的。

人的这种更爱这个而不爱那个的特点通常被称为性格。这个词常常指的是在某种空间和时间的条件下所形成的每个人的特性。但这是不正确的。人更爱这个而不爱那个的基本特性不是由时空条件形成的，恰恰相反，时空的条件到人发生作用或不发生作用，只是因为人在来到这个世界的时候已经具有很明确的更爱这个而不爱那个的特性。正因为这一点，在完全同样的时空条件下出生和受教育的人，才会常常表现为完全不同的我。

把所有凌乱的意识（这意识也同样地把我们的肉体联结为一个整体）联结为一个整体的是某种非常确定的东西，尽管它超越于时空以外，这东西是被我们从时空以外带入到这个世界中来的。这个东西就是我们对世界的某种独特的态度，就是真正的、确实的人。我认为这种基本的特性就是我自己，就是任何其他的人，如果我了解某个人，那只是说，我了解他对这个世界的某种独特的态度。我们在与人们进行严肃的精神交往的时候，我们中间的任何一个人都不会把别人的外部特征作为根本的东西，而是努力深入到别人的本质中去，即努力了解别人对世界的态度，以及他们爱什么和不爱什么到何种程度。

每个动物：一匹马、一条狗、一头牛，如果我了解它们，与它们有严肃的精神交往，那我不是凭它们的外部特征了解它们，而是凭它们对自己置身于其中的那个世界的独特态度，凭它们爱什么和不爱什么到何种程度来了解它们。如果我了解动物的各种不同特性，那么，严格地说，我了解它们更多的是凭它们（狮子、鱼、蜘蛛）对世界的独特的态度，而不是凭它们的外部特征。所有的狮子都爱同样的东西，所有的鱼都爱另一种东西，而所有的蜘蛛则爱第三种东西。只是因为它们爱不同的东西，所以在我的头脑里它们才得以区分开来，就像各种其他的动物在我的头脑里能区分开来一样。

如果我还不能区分它们中的每一个对世界的独特态度，这也不能证明它们不存在，而只能证明作为它们生命的那种对世界的独特态度，与我对我置身于其中的那个世界的态度距离很远，因此我还不能像意大利作家塞尔维亚·佩里科了解他笔下的蜘蛛那样地了解它们。

我之所以能了解自己和整个世界，其根本原因就在于我对我所置身于其中的那个世界有一种独特的态度，由于有这种态度，所以我也看到其他的生物对世界也有一种独特的态度。我对世界的独特态度不是在此生确立的，不是从我的肉体诞生的时候才开始的，也不是与我的连续不断的意识相伴随的。

因此，被我的意识联结成一个整体的我的肉体可能灭亡，我的意识本身也可能灭亡，但我对世界的独特态度（它形成了独特的我，使我了解世界上的一切）不可能灭亡。它不可能灭亡，是因为只有它是存在的。如果它不存在，我就不可能了解自己的意识，不可能了解自己的肉体，不可能了解自己的以及任何别人的生命。因此，肉体和意识的灭亡并不意味着我对世界的独特态度（它并不是从此生才开始出现的）的灭亡。

三

我们害怕在肉体死亡的时候同时失去把我的肉体和意识联结成一个整体的那个独特的我，但实际上那个独特的我并不是从我们诞生的时候才开始有的。因此，某一段时间意识的中止并不能毁灭那个把所有时间中的意识联结成一个整体的东西。

肉体的死亡确实毁灭了那支撑着肉体的暂时的生命的意识。但这种情况是每天都在不断地发生的——当我们睡着了的时候。问题在于，肉体的死亡是否也毁灭了那把所有连续不断的意识联结成一个整体的东西，即我对世界的独特态度？为了确认这一点，必须得首先证明，这种把所有连续不断的意识联结成一个整体的独特的态度，是从我肉体的诞生开始的，因而也与我的肉体同时死亡。但事实却不是这样。

在论及自己的意识的基础时，我看到，把我所有的意识联结成一个整体——亦即使我易于接受某些东西，而对另一些东西则比较冷淡（其结果是一些东西留在脑海里了，而另一些东西则从头脑里消失了），并且决定我爱善恨恶的程度——的东西，就是我对世界的独特的态度，它组成了我的本身，它就是独特的我，它不是某种外部原因的结果，而是我的生命中所有留存下来的东西的根本原因。

至于论到我的观察的基础，起初我觉得，产生那个独特的我的原因，在于我的父母亲，以及影响他们和我的环境。但沿着这条思路往前走，我就不能不看到，如果产生那个独特的我的原因在于我的父母亲的特点和影响他们的环境，那也就在于我的所有先辈的特点和他们的生存环境——如此无限追溯下去，要追溯到时空以外，即那个独特的我是产生于时空以外的。

那个独特的我，是，也只是建立在这个超越时空的、我对世界的独特态度的基础之上的，而正是我对世界的独特态度把我记得的意识和此生之前的意识（正如柏拉图所说的，和我们经常感觉到的那样）联结在一起。我们所害怕的，就是在肉体死亡的时候，那个独特的我也随之灭亡了。

但只要你明白了，把所有的意识联结成一个整体的，就是人的特别的我，它是超越时间的，它过去和现在永远都存在着，而可能中断的，只是某一段时间里的意识，那你也就明白了，在肉体死亡的时候，那种暂时的毁灭，就像每天睡着时一样，并不能毁灭人的真正的我。没有任何一个人会害怕睡着，尽管睡着的时候所发生的情况与死亡是完全一样的：即意识中止了。人不害怕睡着，不是因为判断他睡着了以后还会醒来（这个判断是不正确的，因为他可能第一千次地醒来，但在第一千零一次，他醒不来了），而是因为事实上他将又一次地醒来。任何人在任何时候都不会作这样的判断，因为这样的判断不能安慰他。但人知道，他的真正的我是活在时间以外的，因为他的意识的暂时停止并不能毁灭他的生命。

如果一个人就像童话中所说的，睡了几千年，他也会和睡了两个小时一样平静。对于不是暂时的而是真正的生命的意识来说，中断一百万年和中断八个小时是一样的，因为真正的生命与时间无关。

肉体灭亡了，只是暂时的意识灭亡了而已。

时至今日，人是应该习惯于自己肉体的改变，习惯于一些人的暂时的意识被另一些人的暂时的意识所代替了。要知道，这种改变并不是从人懂事时才开始的，它一直在不停地发生着。实际上人并不害怕自己肉体上的变化，不仅不害怕，而且常常很希望这种变化进行得快一些，譬如人希望自己长大成人，希望自己的病痊愈。当一个人有着健壮的肌肉的时候，他总是意识到自己生理的需求。后来他（她）成了长大胡子的成年男子，或是成了钟爱自己孩子的成年妇女。要知道，这时他（她）的身体和意识中已经没有什么与过去相同的东西了，但人却不害怕使他变成现在这种状况的变化，而只会欢迎这种变化。那么，人面临又一种新的变化又有什么好害怕的呢？害怕灭亡吗？但须知，所有这些变化，以及对真正的生命的意识，并不是从肉体诞生的时候才开始的，而是在肉体以外和超越时间的。难道有什么时间和空间的变化能毁灭时空以外的东西吗？人只把眼睛盯住自己生命中很小很小的一部分，却不想看见它的整体，害怕失去他所迷恋的这很小很小的一部分。这使人想起一个有趣的故事，有个疯子想象自己是玻璃做的，有人推了他一下，他嘴里喊了声"嘭！"倒在地上就死了。为了使人拥有生命，就应该抓住它的全部，而不是抓住表现在时空中的那一小部分。谁抓住了整个生命，他的生命就会变得更丰富；谁只抓住生命的一小部分，那么，已经被他抓住的一小部分也会失去。

（许海燕　译）

莫洛亚

死亡的艺术

我们并不知道死亡是否可以让人如意，

至少活着的生活不是如此。

天下的人都和我们一样哀痛地站立着，

守候着同一片土地同一个彼岸。

——斯温伯恩

　　有两种对待死亡的态度，人们把二者都认为是正确的。一种是伊壁鸠鲁学派对死亡的态度，他们认为，死即是虚无。另一种是基督教的看法，认为死亡就是一切。伊壁鸠鲁学派告诉人们："你们要习惯于这样思考：死亡对我们来说都是毫无意义的。因为善与恶只是存在于我们的感知中，而死了之后人就没有了知觉，那么也就不存在善恶或好坏，因此死亡对我们而言是没有意义的，不过是个虚无。弄清楚了死是虚无，那死后就会快乐。死亡并不存在，因为只要我们活着就不会有死亡，而当人们死了之后他也就停止了生的存在。"真正理解死亡的另一边是虚无的人，他们将活得无所畏惧，死亡也就不再可怕了。而信奉基督教的人也不畏惧死亡，因为他们知道，死亡不过是一条通向美好未来的必经之路。那里可以与死去的家人团聚，可以享受比尘世生活美好数百倍的生活。这样的思想可以帮助人们抗拒对死的恐惧，让生活变得更加无忧而快乐。

我们都认为，圣人和英雄死去之后都可以进入天堂，因为他们的灵魂纯洁崇高，尽职尽责的工人也可以壮烈地以身殉职。

很多人对于死亡都有自己最后的感叹，那些至死不忘工作的人们总让人肃然起敬。巴尔扎克和普鲁斯特临终时，都满脑子是自己笔下的人物，一个呼唤着比昂松医生，一个划着福尔什维勒的名字。语法学家布普耳的遗言更经典："我要死了，或者说我将死去。这两种说法都对。"查理二世作为一位皇帝和绅士，死时如是说："原谅我用了这么长时间死去。"将军李塞留说："你们可以原谅你们的敌人吗？除了国家的敌人，我没有任何其他的敌人。"画家科洛说："我真的很想到天堂作画。"音乐家肖邦说："还是用一支莫扎特的乐曲作最后的纪念吧！"拿破仑说："法兰西……军队……军队……统帅。"解剖学家居维埃说："看，头颅正在解剖。"而自然主义者拉塞培德说："我要去见布冯了。"皇帝的女儿路易斯夫人说："快，到天堂去吧！快，快马加鞭！"他们面对死亡并没有过分的恐惧，而是用平静甚至是渴望的心情来看待死亡。

热爱自己职业的人有时候会让他的职业比自己生命的影响还要长久。哲学家赫尔曾是一名医生，在他生命就快要结束的时候，他为自己测量脉搏，此时他给同事留下了最后的遗言："我的朋友，动脉已经停止跳动了。"数学家莱尼在18世纪初的时候发明了一种简便的求平方根和立方根的方法，在他临终的时候，好像完全失去了知觉，朋友们他都认不出了。后来，一位助手俯下身想确定他是否已经过世，便问道："12的平方是多少？"

"144。"说完，莱尼就离开人世了。

蒙田曾经这样写道："如果我是一个作家，我就会尽力去编写一部讲述各种死亡的书。"蒙田没有实现自己的愿望，但是，两位英国的作家拜瑞尔和鲁卡斯最后完成了蒙田的这个愿望。当我们读完这本关于各种死亡的书之后，合上书本闭眼沉思，你会感到人类的力量是那么难以估量，这样对死的顽强勇气是多么令人崇敬。在书中，你找不到一丁点的懦弱与退让。

"死亡不过只是沉睡，没有更多的意义。在死的长眠中，会有怎样的梦魇？"哈姆雷特提出的这样的问题一直没有答案。那么，我可以告诉你，无论国王、演员还是不幸的平常人，都在孜孜不倦地不停地提出这样的问题。

（张爱珠、树君　译）

对死亡的恐惧

达摩难陀

生命到处充满无常，但死亡却是必然的事实。

——释迦牟尼佛

整个世界万物都怕死，然而死亡对我而言却是一种难得的福气。

——古鲁

当精卵结合、生命开始的刹那，就宛如射出的子弹般必须达到最终目标。对生命而言，最终目标便是死亡了。不论我们喜不喜欢，所有的人皆必须面对这无可避免的自然现象，越早接受这个事实，人就越能掌握自己的生命，去追求理想。事实上，我们也不是那么受死亡本身所干扰，而是受困于对它所抱持的错误观念。死亡本身并不可怕，可怕的是盘踞于心中对死亡的恐惧感。

人短暂的生命为生理时钟所操纵，时光滴答滴答地消逝在时代的洪流里。当时钟老旧后，迟早我们无法要求再待多一点时间，一旦时间到了，人必须有经过死亡的自然过程的准备。

有位资深的护士曾说："如此多的人对死亡恐惧，一生皆活在战战兢兢的戒备中，到头来却发现当死亡来临时，它也如生命本身般自然，因为到最后的关头，多数人早已不畏惧死亡了。在我的经验中，只有一位妇人因对姐姐犯下无可弥补的大错而似乎感到强烈的恐惧。"

"当男人和女人走到路的尽头时，总会有些奇特及美妙的事发生。所有的恐惧、惊慌都消失了，我时常看到在他们了解这是事实之后，眼中显露出快乐与惊奇，此乃自然界美好的一部分。"

犹如有名的内科医师威廉·奥斯雷所说的："在我多年的临床经验中，大部分的人临终时确实没有任何痛苦和恐惧。"

面临死亡

害怕死亡犹如害怕抛弃一件老旧的成衣一般。

——甘地

　　所有的人，不拘性别、种族、信念均须面临死神的降临，没有逃避的选择。死亡是世界无法避免的过程，我们时常无法神色自若地面对自身的死亡。然而，除非人也能从死亡的恐惧中挣脱，否则他也无法从生命中得到自由。

　　要忍受所爱的人消失在人间是十分痛苦的，因为我们与死者间的感情太深。这事发生在一位有名的女士维撒哈身上，她在释尊住世时皈依佛门。在她失去深爱的孙女时，她拜访释尊，寻求消弭悲痛的解决之道。

　　"维撒哈，你喜欢拥有如城中的小孩一样多的儿子和孙子吗？"释尊问。"是的，我真心盼望！""然而城里一天有多少小孩夭折呢？""不少人！城里从未摆脱小孩夭折的阴影。"

　　"那么，维撒哈，在此情形下，你会为他们逐一哭泣吗？维撒哈，钟爱百样事的人，同样也有百种悲苦，无所爱的人也就没有痛苦。这种人才能从悲苦中解脱。"

　　当人与人发生感情时，必须也有心理准备，在别离时会付出的悲痛代价。

　　对生命热爱有时也会演变成过分恐惧死亡的降临。因此即使是为了正当的理由，我们也不愿甘冒自身的危险，我们害怕疾病或意外会夺走珍贵的永恒生命。一旦领悟到死亡是必经的过程，我们会希望并祈祷灵魂能够继续留在天堂里，得到安全及保护。这种想法是建立于强烈渴求永生的基础上。

　　根据心理学报告，许多心理压力源自于我们拒绝面对现实，不愿接受生命的真实面。压力若不解除，便会逐渐导致严重的心理障碍。因此，由于疾病而产生的忧虑和沮丧反而会使病情恶化，人不能选择疾病的种类，也无法挑选吉时去逝世，但是我们绝对可以选择面对病情及死亡时毫无所惧。

　　人往往被死后的身躯吓得魂不附体，然而，按理说活着的身躯远比死后的尸体更具危险性。尸体不会伤害人，但活人的身体却能够无恶不作，做尽伤天害理之事。因此，人害怕或恐惧尸体不是显得太过愚蠢了吗?

何 谓 生 与 死

　　人无须恐惧死亡，生与死如同一条绳子的两端，不可能剪除一端而希望保有另一端。生与死的奥秘其实很简单，心灵与肉体的集合——俗称五蕴——称为生。五蕴的存在称作生命。五蕴的消散称为死。而重新组合五蕴则称为重生。如此反复循环、周而复始直至我们达到涅槃的极乐世界。

　　有许多说法可以阐明这简单且自然存在的"死亡"。有些人认为死亡代表没有来世，在宇宙间完全消散；有些人相信轮回是由一个肉体进入另一个肉体；而有些人则以为是灵魂飘浮不定，等待审判日的来临。然而对佛教徒而言，死亡只不过是短暂存在的暂时结果，并非所谓"生命"的结束。

　　每个个体都应意识到在整个命运中，死亡所扮演的角色。不论贫、富、贵、贱，一个人今生最终的休憩是躺在棺材里，埋于六尺深的地底下，或装在骨灰瓮中，或撒布在海上。

　　所有的人均将面临、分享相同的命运。由于对生命真相的无知，我们时常涕泪纵横、悲伤叹息，有时却是哭中带笑。一旦了解生命的本质，我们便可以坦然面对所有事物的短暂性，并寻求自由之钥，除非我们达到自现世事物中得到永恒解脱的境界，否则势将一再地面对死亡。关于这一点，死亡所扮演的角色已相当清楚了，倘若有人觉得死亡难以忍受，那么他应多方努力，以克服生与死的不停循环。

平静安宁的死亡

每个人都渴望在自己尽完他这一生的责任及义务后，能在平静安宁的环境下死去。但又有多少人能真正为这种可能性做准备呢？举例来说，有多少人排除万难只求能对家属、所爱的人、朋友、国家、宗教及自身的命运尽点义务呢？假如没有完成这些义务是无法死得心安理得、了无牵挂的。

我们应首先学习克服那份不只是人、连神也遭受的对死亡的恐惧，勿让现在这一刻从我们掌中逃脱了，那些任由时光轻易飞逝的人在自己生命走向尽头时，将会悔恨万分。

倘若人没有尽完应尽的义务便离开世间，不管他们从事何种职业，在人世间的生存将是徒劳无益的。既然对自己无益，对世界就更加无用处了。因此，我们不能忽略自己的责任，才能有心理准备，勇敢且平静地面对死神的召唤。有一天，我们才会到达完美不朽的境界，并从所有的苦难中解脱。

我们出生来到世上，是要为人类的幸福与快乐而努力的，明了这一点相当重要，我们会因对人类的贡献而永垂青史，人们不会因为对自己的付出而记得我们。释尊说："人的身体会化成泥土，然而他对世人的影响及贡献却会遗留下来。"

　　这可以由伟人的具体成就永存不朽得到印证，纵然伟人们没有活在我们的生活中，但依然帮助我们为生活指引出一条路来。事实上，他们对人类的贡献将与我们长相左右、日月同昭。

　　当人们看到自己的生命不过是川流不息之溪壑的一小滴，他们会更加致力于贡献自己那份微薄的力量。有智慧的人直觉地感觉出活着必须避开邪恶，行善正直，并保有洁净心灵，竭力求得自由。

　　接受释尊的教诲而明晓生命的人是不会忧虑死亡的。

　　死亡是无可避免的。矛盾的是，虽然我们常看到死亡带走多少人的生命，却很少停顿下来自省，自己其实也快成为死亡的牺牲品了。由于对生命的眷恋，我们无法接受死亡，而事实上死亡是必然的。我们喜欢把这种可怕的想法尽可能丢得越远越好——欺骗自己死亡是多么遥远的事，无须庸人自扰。但是我们应培养足够的勇气去面对现实，随时准备好去面对现实，死亡是存在的，而且随时随地均可能发生，这是无法逃避的事实。

（林淑丹、廖舜茹　译）

生与死

池田大作

具有旺盛的生命力，就能打破自私自利的硬壳，而一旦生命力衰弱，甚至会放弃无比珍贵的自己。在现代，对他人的同情已经少得可怜，我不得不指出，如今已具有生命力枯竭的倾向。漠视死，就不能获得充实的生。把统一生死的思想贯穿于日常生活，就一定能确立现代人的生命观。

佛法十分重视临终的问题，认为临终就是一个人此生的总决算，同时是踏入来世的第一步。它是诸法的实相，在死的一瞬间，一生的善恶业绩将暴露无遗，一点都不能隐瞒，这实在令人恐怖。临终时的光明或黑暗，就是你今世所作所为的诸法实相，是映照未来的镜子。

海德格尔曾说："人是走向死的存在。"而死并不等待这些议论，它在生的掩盖之下，正在不断地流淌着。不，可以说，每一瞬间都将碰到死，都在自死复生。正是这种对死的觉悟，无限地丰富了生、充实了生。没有死的醒悟，就没有真正的生，也就不能过上充实的生活。这样，死也就完全变成了生的问题，可以说，不能解决死的问题，也就不能确立生的基点。

"解脱"是东洋特有的语词，如果一定要在西洋词汇中找出类似的用语，那么，"自由"尚差强人意，然而，解脱和自由还是不同的。换句话说，东西方的"自由观"是大相径庭的。西式的"自由"一词，是为制度方面的社会原理而设定的。解脱这种东方自由观恰恰与之相反，在任何社会中，在任何体制下，生死的苦恼都本能地缠绕在人们心里，在人们的苦思冥想中就产生了"解脱"，他们强烈地祈求，从这一根本的事实中得到解放。

命运并不在原因结果的规律之外，它不过是更深层的因果规律的表现。你以为此事是偶然的，便把它称作命运，其实只是因为你不知道此事之"法"在哪里罢了。这样说不算过分吧。

只要人们在各自的有生之年认真地生活，完成自己伟大的任务，那么，五十年的生命也会具有百年、千年都比不上的价值。一个人能否获得真正的长寿，肉体的存活年限并不是决定的因素，而是由他所完成的工作数量来决定的。

对生命的探索，不能依靠科学研究拿手的分析与综合，而必须凭借直观的智慧。它是非常高明而又主观的东西，是面对生存着的自己产生的生命感。因为，人类幸与不幸的各种现象，都不过是这种生命感的变形表象。

世上没有什么东西比生命更不可思议了。也许有些人把人体的某些机能视为机器，然而，即使是看上去很像机器的器官，也是非常精巧的，用尽近代科学的十八般武艺也不能仿制出来。此外，机器是身外的制作者制造的，而生命这种机器本身，既是作者又是作品。

人们当然是在努力发掘自己独特的生之主题。为了在任何时候死亡来临都无所遗憾，就要在现在的每一刹那认真地生存，这种态度的有无，将决定你的人生道路。

所谓生命，就是生与死不断往复、永远持续的东西。这就是东洋的生命观。超越了生死，就会为追求自己的目的和使命奋斗终生。这样，也就能产生永不枯竭的生命充实感了吧。总之，在生存的努力之中，只要把此生的生命燃烧于某种事业，你就能进入一个新的境界。

人类是不可思议之物。也就是说，如果再不认真探讨"生命"的问题，不去努力弄清生命的奥秘，只能导致毁灭，这就是现代人的不幸。人类的神秘和不可思议，昔日导致了无数宗教的诞生。然而，由于这个问题的艰深超出了常规，各种宗教的探讨和解释几乎都误入迷途，成为迷惑人类的东西。但是，如果说有一个关于终极生命法则的真理，那么，与之相应就应该有一个解决生命问题的宗教。在着手探讨人类的奇妙之前，现代的人们首先要判别宗教的深浅高低，迈出这必不可少的第一步已成为当务之急。

大而言之，人的身体就反映了宇宙一切运动的规律。白天，心脏的跳动加快，血压升高，脑细胞的活动也较为活跃；晚上则恰恰相反，血压较低，心跳变慢，总之和宇宙的规律令人吃惊地一致。人体有天地水火风，也和大宇宙的天地水火风相呼应，持续进行绝妙的运动。我的恩师常常告诫我，夜里要在十二时就寝，这真是识破天机的睿智。

在我看来，所谓一生就是现在每一瞬间的累加总数。不能使今天充实的人，也就不能使明天鲜花盛开，不能珍惜每一瞬间的人，即使嘴边挂着多么伟大的百年大计，也不过是画饼充饥。在现在一瞬间的诸法实相中，就凝聚着过去之因和未来之果。要消除从遥远的过去带来的罪孽，要永保延续于未来的福运，眼前的这一瞬间就具有决定的意义。

（程郁　译）

生之盛宴

时间之真昧

季羡林

一抬头，就看到书桌上座钟的秒针在一跳一跳地向前走动。它那里一跳，我的心就一跳。孔子说："逝者如斯夫，不舍昼夜！"这里指的是水。水永远不停地流逝，让孔夫子吃惊兴叹。我的心跳，跳的是时间。水是能看得见，摸得着的。时间却是看不见，摸不着的，它的流逝你感觉不到，然而确实是在流逝。现在我眼前摆上了座钟，它的秒针一跳一跳，让我再清楚不过地看到了时间的流逝，焉能不心跳，焉能不兴叹呢？

远古的人大概是很幸福的。他们日出而作，

日入而息，根据太阳的出没来规定自己的活动。即使能感到时间的流逝，也只在依稀隐约之间。后来，他们聪明了，根据太阳光和阴影的推移，把时间称作光阴。再后来，人们的聪明才智更提高了，用铜壶滴漏的办法来显示和测定时间的推移，这是用人工来抓住看不见摸不着的时间的尝试。到了近几百年，人类发明了钟表，把时间的存在与流逝清清楚楚地摆在每一个人的面前。这是人类文明进步的表现。但是，正如人们常说的那样："有一利必有一弊"，人类成了时间的奴隶，成了钟表的奴隶。现在各种各样的会极多，开会必须规定时间，几点几分，不能任意伸缩。如果参加重要的会而路上偏偏赶上堵车，任你怎样焦急，怎样频频看手表，都是白搭。这不是典型的时间的奴隶又是什么呢？然而，话又说了回来，在今天头绪纷纭杂乱有章的社会里，开会不定时间，还像古人那样"日出而作，日入而息"，优哉游哉，顺帝之则，今天的社会还能运转吗？不管你愿意不愿意，成为时间的奴隶就正是文明的表现。

不管你意识到还是没有意识到，大自然还是把虚无缥缈的时间用具体的东西暗示给了人们。比如用日出日落标志出一天，用月亮的圆缺标志出一月，用四季（在印度是六季或者两季）标志出一年。农民最关心这些问题，一年二十四个节气对他们种庄稼有重要意义。在自然科学家和哲学家的眼中，时间具有另外的意义。他们说，大千世界，人类万物，都生长在时间和空间内，而时间是无头无尾的，空间是无边无际的。我既不是自然科学家，也不是哲学家，对无头无尾和无边无际实在难以理解。可是不这样又能怎样呢？如果时间有了头尾，头以前尾以后又是什么呢？因此，难以理解也只得理解，此外更没有其他途径。

　　生与死也属于时间范畴。一般人总是把生与死绝对对立起来。但是，中国古代的道家却主张"万物方生方死"，把生与死辩证地联系在一起，而且准确无误地道出了生即是死的关系。随着座钟秒针的一跳，我自己就长了无法用言语表达出来的那么一点点儿。同时也就是向着死亡走近了那么一点点儿。不但我是这样，现在正是初夏，窗外的玉兰花、垂柳和深埋在清塘里的荷花，也都长了那么一点点儿。不久前还是冰封的湖水，现在是"风乍起，吹皱一池夏水"，波光潋滟，水色接天。岸上的垂杨，从光秃秃的枝条上逐渐长出了小叶片，一转瞬间，出现了一片鹅黄；再一转瞬，就是一片嫩绿，现在则是接近浓绿了。小山上原来是一片枯草，"一夜东风送春暖，满山开遍二月兰"。今年是二月兰的大年，山上地下，只要有空隙，二月兰必然出现在那里，座钟的秒针再跳上多少万次，二月兰即将枯萎，也就是走向暂时的死亡了。所有这些东西，都是方生方死。这是自然的规律，不可逆转的。

　　印度人是聪明的，他们把时间和死亡视为一物。梵文 hāla，既是"时间"，又是"死亡或死神"。《罗摩衍那》的主人公罗摩，在活了极长的时间以后，hāla 走上门来，这表示他就要死亡了。罗摩泰然处之，既不"饮恨"，也不"吞声"。他知道这是自然规律，人类是无能为力的。我们今天知道，不但人类是这样，世界上万事万物都有始有终，无一例外。"顺其自然"是最好的办法。我在这里顺便说一下，在梵文里，动词"死"的字根是 mn；但是此字不用 manati 来表示现在时，而是用被动式 mniyati（ti），这表示，印度人认为"死"是被动的，主动自杀者究属少数。

　　同印度人比较起来，中国人大概希望争取长生。越是有钱有势的人越希望活下去，在旧社会里生活在水深火热中的小百姓，绝不会愿意长远活下去的。而富有天下的天子则热切希望长生。中国历史上几位有名的英主，莫不如此。秦始皇和汉武帝都寻求不死之茶或者仙露什么的。连唐太宗都是服用了印度婆罗门的"仙药"而中毒身亡的。老百姓书呆子中也有寻求肉身升天的，而且连鸡犬都带了上去。我这个木头脑袋瓜真想也想不通。如果真有那么一个"天"的话，人数也不会太多。升到那里去干些什么呢？那里不会有官僚衙门，想走后门靠贿赂来谋求升官，没有这个可能。那里也不会有什么市场，什么 WTO，想发财也英雄无用武之地。想打麻将，唱卡拉 OK，唱几天，打几天，还是会有兴趣的，但让你一月月一年年永远打下去，你受得了吗？养鸡喂狗，永远喂下去，你也受不了。"不为无益之事，何以遣无涯之生！"无益之事天上没有。在天上待长了，你一定会自杀的。苏东坡说"起舞弄清影，何似在人间"，是有见地之言。我们还是老老实实待在人间吧。

要待在人间，就必须受时间的制约。在时间面前，人人平等。如果想不通我在上面说的那一些并不深奥的道理，时间就变成了枷锁，让你处处感到不舒服。但是，如果真想通了，则戴着枷锁跳舞反而更能增加一些意想不到的兴趣。我自认是想通了。现在照样一抬头就看到书桌上座钟的秒针一跳一跳地向前走动了，但是我的心却不跳了。我觉得这是时间给我提醒儿，让我知道时间的价值。"一寸光阴不可轻"，朱子这一句诗对我这个年过九十的老头儿也是适用的。

沉思录（节选）

马可·奥勒留

一

记住你已经把这些事情推迟得够久了，你从神灵得到的机会已够多了，但你没有利用它。你现在终于必须领悟那个你只是其中一部分的宇宙，领悟那种你的存在只是其中一段流逝的宇宙管理中的一部分。你只有有限的时间，如果你不用这段时间来清除你灵感上的阴霾，它就将逝去，你亦将逝去，并永不复返。

二

由于你有可能在此刻辞世，那么相应地调节你的每一个行为和思想吧。如果有神灵存在，离开人世并非一件值得害怕的事情，因为神灵将不会使你陷入恶；但如果他们确实不存在，或者他们不关心人类的事务，那生活在一个没有神或神意的宇宙中对你意味着什么呢？而事实上他们是存在的，他们的确关心人类的事情，他们赋予人所有的手段使人能不陷入真正的恶。至于其他的恶，即便有的话，神灵也不会使人陷入其中的。不陷入恶完全是在一个人的力量范围之内的。那不使一个人变坏的事物，怎么能使一个人的生活变坏呢？但宇宙的本性忽视这些事情是有可能的，但这不是由于无知，也不是因为有知，亦不是因为没有防止或纠正这些事情的力量，也不可能是因为它缺少力量或技艺，以致犯了如此大的一个错误——使好事和坏事竟然不加区别地降临于善人和恶人身上。但肯定的是，死生、荣辱、苦乐所有这些事情都同样地发生于善人和恶人中，它们并不使我们变好或变坏。所以，这些事物既非善亦非恶。

三

所有事情消失得多么快呀！在宇宙中是物体本身的消失，而在时间中是对它们的记忆的消失。这就是所有可感觉事物的性质，特别是那些伴有快乐的诱惑或骇人的痛苦的事物，或者是那些远播国外的虚浮名声的性质。

它们是多么无价值、可蔑视、肮脏、腐烂和易朽啊！所有这些都是理智能力要注意的。理智能力也要注意那些以意见和言论获得名声的人，注意什么是死亡这一事实。如果一个人观察死亡本身，通过反省的抽象力把所有有死亡的想象分解为各个部分，他就将死亡视为不过是自然的一种运转，如果有什么人害怕自然的运转，那他只是个稚气未脱的孩子。无论如何，死亡不仅是自然的一种运转，也是一件有利于自然之目的的事情。理智能力也要注意人是怎样接近神的，是通过他的什么部分接近神，以及他的这个部分是在什么时候这样做的。

四

没有比这更悲惨的了：一个人旋转着穿越一切，像诗人说的那样打听地下的事情，猜测他的邻人心里的想法，而不知道只要专注于他心中的神并真诚地尊奉他就足够了。对心中神的尊奉在于使心灵免于激情和无价值的思想而保持纯洁，不要不满于那来自神灵和人的东西。因为，来自人的东西，因我们与他们是亲族的缘故是我们应当珍重的。有时他们甚至在某种程度上因对善恶的无知而引起我们的怜悯，这种不辨善恶的缺陷并不亚于不辨黑白的缺陷。

五

虽然你打算活三千年，活数万年，但还是要记住：任何人失去的不是什么别的生活，而只是他现在所过的生活；任何人所过的也不是什么别的生活，而只是他现在失去的生活。最长和最短的生命就如此成为同一。虽然那已逝去的并不相同，但现在对于所有人都是同样的。所以那丧失的看来就只是单纯的一片刻。因为一个人不可能丧失过去或未来——一个人没有的东西，有什么人能从他那里夺走呢？这样你就必须把这两件事牢记在心：一是所有来逢永恒的事物犹如形式，是循环往复的，一个人是在一百年还是在两千年或无限的时间里看到同样的事物，这对他都是一回事；二是生命最长者和濒临死亡者失去的是同样的东西。因为，唯一能从一个人那里夺走的只是现在。如果这是真的，即一个人只拥有现在，那么一个人就不可能丧失一件他并不拥有的东西。

六

人的灵魂的确摧残自身，首先是在它变成宇宙的一个肿块的时候，或者说，就其可能而言变成一个赘生物的时候。因为，为发生的事情烦恼就是使我们自己脱离本性——所有别的事物的本性都包含在这一本性的某一部分之中。其次，灵魂摧残自身是在它被什么人排斥甚或怀着恶意攻击的时候，那些愤怒的人的灵魂就是这样。第三，灵魂摧残自身是在它被快乐或痛苦压倒的时候。第四，灵魂摧残自身是在它扮演一个角色，言行不真诚的时候。第五，灵魂摧残自身是在它让自己的行动漫无目标，不加考虑和不辨真相地做事的时候，因为甚至最小的事情也只有在参照一个目标来做时才是对的，而理性动物的目的就是遵循理性和最古老的城邦和政府的法律。

七

在人的生活中，时间是瞬间即逝的一个点，实体处在流动之中，知觉是迟钝的，整个身体的结构容易分解，灵魂是一涡流，命运之谜不可解，名声并非根据明智的判断。一言以蔽之，属于身体的一切只是一道激流，属于灵魂的只是一个梦幻，生命是一场战争，一个过客的旅居，身后的名声也迅速落入忘川。那么一个人靠什么指引呢？唯有哲学。而这就在于使一个人心中的神不受摧残，不受伤害，免于痛苦和快乐，不做无目的的事情，而且毫不虚伪和欺瞒，并不感到需要别人做或不做任何事情，此外，接受所有对他发生的事情，所有分配给他的份额，不管它们是什么，就好像它们是从那儿、从他自己所来的地方来的。最后，以一种欢乐的心情等待死亡，把死亡看作不是别的，只是组成一切生物的元素的分解。而如果在一个事物不断变化的过程中，元素本身并没有受到损害，为什么一个人竟忧虑所有这些元素的变化与分解呢？因为死是合乎本性的，而合乎本性的东西都不是恶。

八

我们不仅应当考虑到我们的生命每日每时都在耗费，剩下的部分越来越少，而且应当考虑另一件事情，即如果一个人竟然活得久些，也没有多大把握说理解力还能继续足以使他领悟事物，还能保持那种努力获得有关神和人的知识的思考能力。因为他将在排泄、营养、想象和胃口或别的类似能力衰退之前，就开始堕入老年性昏聩，而那种运用我们自己的能力，满足我们义务标准的能力，清晰地区分各种现象的能力，考虑一个人是否应当现在辞世的能力等诸如此类的能力绝对需要一种训练有素的理性，而这理性整个地已经衰退了。所以我们必须抓紧时间，这不仅是因为我们在一天天地接近死亡，而且因为对事物的观照和理解力将先行消失。

九

希波克拉底在治愈许多病人之后自己病死了。占星家们预告了许多人的死亡，然后命运也把他们攫走。亚历山大、庞培、恺撒在粉碎数十万计的骑兵和步兵，频繁地把整个城市夷为平地之后，他们最后也告别了人世。赫拉克利特在大量地思考了宇宙的火之后，最后死于水肿病，死时污泥弄脏了全身。虫豸毁了德谟克利特，别的虫豸杀死了苏格拉底。所有这些意味着什么呢？你上船，航行，近岸，然后下来。如果的确是航向另一个生命，那就不会需要神，甚至在那儿也不需要。但如果是航向一个无知无觉之乡，你将不会再受痛苦和快乐的掌握,不会再是身体的奴隶,而身体有多么下贱,它所服务的对象就有多么优越,因为后者是理智和神性,前者则是泥土和速朽。

十

那么把所有的东西丢开,只执著于这很少数的事情吧!此外还要记住:每个人都生存在现在这个时间里,现在是一个不可分的点,而他生命的其他部分不是已经过去就是尚未确定。因此每个人生存的时间都是短暂的,他在地上居住的那个角落是狭小的,最长久的死后名声也是短暂的,甚至这名声也只是被可怜的一代代后人所持续,这些人也将很快死去,他们甚至不知道自己,更不必说早已死去的人了。

十一

死亡像生殖一样是自然的一个秘密,是同一些元素的组合与分解,而全然不是人应当羞愧的事情,因为它并不违反一个理性动物的本性,不违反我们的结构之理。

十 二

不要像仿佛你将活一千年那样行动。死亡窥伺着你。当你活着，当善是在你的力量范围之内，你行善吧。

十 三

那对身后的名声有强烈欲望的人没有想到那些回忆他的人自己很快也都要死去，然后他们的子孙也要死去，直到全部的记忆都通过那些愚蠢地崇拜和死去的人们而终归湮灭无闻。但假设那些将记住他的人甚至是永生不死的，因而这记忆将是永恒的，那么这对你又有何益？我不说这对死者意味着什么，而是说这对生者有什么用处。赞扬，除非它的确有某种用途，此外还有什么用处呢？由于你现在不合宜地拒绝了使用上天的禀赋，而斤斤计较将来别人对你的议论，那是不合实际的。

十 四

你将不久于人世，但还没有使自己朴素单纯、摆脱烦恼，还没有摆脱对被外在事物损害的怀疑，还没有养成和善地对待所有人的性情，还没有做到使你的智慧仅仅用于正直地行动。

我们所谓"怕死"，其实是"怕自己"，寻根究底即不外是"怕自己将要完全失去世上所喜爱过的事物"，包括爱人、家属、好友以及自己所偏好的世上东西。

我们在热爱世界时便生活在这世界上。

当我死时，世界呀，请在你的沉默中，替我留着"我已经爱过了"这句话吧。

生和死贯穿在我们生活的每一念中，念念生死。我们把它摆在一个点上思考，这一点就是当下一念。当下一念既有生活问题也有生死问题，把当下一念处理好了，生活问题解决了，生死问题也解决了。

当我们承认人类不免一死的时候，当我们意识到时间消逝的时候，诗歌和哲学学习才会产生出来。这种时间消逝的意识是藏在中西一切诗歌的背面的——人生本是一场梦，我们正划船在一个落日余辉返照的明朗下午。

十五

如果有神告诉你，你将明天死去，无论如何总逃不过后天，你将不会太关心是明天还是后天，除非你确实是精神极其贫乏，因为这差别是多么微小啊！所以，不要把你究竟是若干年后死还是明天死看成什么大事。

十六

回顾那些紧紧抓住生命的人，对于蔑视死亡来说是一个通俗却仍不失为有用的帮助。他们比那些早死的人获得了更多的东西吗？他们肯定最终仍得躺在什么地方的坟墓里。克迪斯亚卢斯、费比厄斯、朱利安卢斯、莱皮德斯或任何类似于他们的人，他们埋葬了许多人，然后是自己被埋葬。总之，生与死之间的距离是很短的，仔细想一下吧，生命是带着多少苦恼、伴随着什么样的人、寄寓于多么软弱的身体而艰难地走过这一距离的，那么就不要把寿命看做是一件很有价值的东西，看一看在你之后的无限时间，再看看在你之前的无限时间，在这种无限面前，活三天和活三代之间有什么差别呢？

十 七

正像你离去时你不想死……所以在此生活是在你的力量范围之内。但如果人们不允许你活，那么就放弃生命吧，并仍表现得仿佛你没有受到任何伤害。这屋子是烟雾弥漫的，我就离开它。但你为什么认为这是什么苦恼呢？只要没有什么这种东西迫使我出去，我就留下，自由自在，无人阻止我做我所愿做的事，我愿意做那符合理性和社会动物本性的事情。

十 八

很快，你就将化为灰尘，或者一具骷髅、一个名称，甚至连名称也没有，而名称只是声音和回声。那在生活中被高度重视的东西是空洞的、易朽的和琐屑的，像小狗一样互相撕咬，小孩子们争吵着、笑着，然后又马上哭泣。但忠诚、节制、正义和真理却从宽广的大地飞向奥林匹斯山去了。那么还有什么东西使你在此留恋不去呢？

如果感觉的对象是容易变化的，从不保持静止；知觉器官是迟钝的，容易得到错误的印象；可怜的灵魂本身是血液的一种嘘气，那么还有什么使你滞留在此呢？是为了在这样一个空洞的世界里有一个好名声。那么你为什么不安静地等着你的结局，不论它是死亡还是迁徙到另一国家呢？直到那一时刻来临，怎样才是足够的呢？难道不就是崇敬和赞美神灵、对人们行善、实行忍耐和节制吗？至于那在可怜的肉体和呼吸之外的一切事物，要记住它们既不是属于你的也不是你力所能及的。

十九

死亡是感官印象中的中止，是欲望系列的中断，是思想的散漫运动的停息，是对肉体服务的结束。

二十

关于死亡：它不是一种消散，就是一种化为原子的分解，或者虚无。它或者是毁灭，或者是改变。

二十一

想到你是要死的，要在当前的某个时刻结束你的生命，那么，就按照你的本性度过留给你的时日。

二十二

不要蔑视死亡，而是正常地表示满意，因为这也是自然所欲的一件事情。因为像年轻、变化、接近和达到成熟，长牙齿、长胡子和白发，怀孕、生子、抚养，以及所有别的你生命的季节所带来的自然活动都是这样的事物，分解消亡也不例外。一个人如果想通了这一番道理，就不要轻率和不耐烦地对待或蔑视死亡，而是要把它作为自然的一个活动静候它。就像你现在等待着孩子从你妻子的子宫里娩出一样，准备着你的灵魂脱出这一皮囊的时刻来临。但如果你也要求一种将接触到你心灵的普遍慰藉，那么通过观察你要与之分手的物体，观察你的灵魂将不再与之同在的那些人的道德，能帮助你从容就死。因为，因人们的过错而发怒绝不是正确的，关心他们、静静地忍受他们才是你的义务。但也要记住你并不是要从跟你持有同样原则的人们那里离去。因为如果有什么使我们转念的事情的话，这是唯一能使我们转而依恋生命的事情：那就是允许我们跟那些持有和我们同样原则的人一起生活。而现在你看到：从那些生活在一起的人们的不和中产生的苦恼是多么大啊，以致你可以说：快来吧，死亡，以免我或许也可能迷失自己。

二十三

活动的停止，运动和意见的停止，它们在某种意义上的死亡，这些绝不是恶。现在转而考虑你的生命，你作为一个孩子、一个青年、一个成人和一个老人的生命，因为在这里面，每个变化，都是一种死。这是值得害怕的事情吗？现在转而考虑你在你的祖父体内的生命，然后是你在你的母亲体内的生命，你在你的父亲体内的生命，当你发现许多别的差别、变化和毁灭时，问你自己，这事情值得害怕吗？那么，同样，你整个生命的熄灭、停止和改变也绝不是一件需要害怕的事情。

（何怀宏　译）

生与死

巴
克
莱

一

年纪一大，是不是就应该死?

人生的价值是不能够用年岁来衡量的。这道
理人人都明白。生命的长短与生命的价值，其间
没有必然关系。亚历山大大帝死时只有三十三岁，
但他已经实际改变了世界的面貌，为基督教会的
来临铺平了道路。英国神童诗人查特顿死时十八
岁，济慈死时二十六岁，布鲁克只活到二十八岁，
雪莱三十岁便死了。这些诗人所留下的诗作，留

存千古。舒伯特死时三十一岁，莫扎特也只活了三十六岁，但是他们给世人留下的乐章会传诸万世。人生不可以用生命的长短来衡量。

从另一种意义来说，人无论怎么老，都不可以死，因为死后要见上主。谁也没有资格去见圣洁无瑕的天父。可是凡是懂得怎样与主基督同行的人，不问年龄，随时可以死，因为与主同行的人，已经生活在天父面前。

《圣经》上有一处奇妙的经文，是在《约翰壹书》第二章第二十八节，作者约翰当时所思念的是主的再来，和再来时会发生的事。他告诉他的读者："小子们哪，你们要住在主里面，这样，他若显现，我们就可以坦然无惧，当他来的时候，在他面前也不至于惭愧。"约翰的意思是说，我们若住在基督里面，与基督同活，他的再来就不会是生命的中断，而是生活中再自然不过的事。

要是我们不认识天父，死亡是可怕的。要是借着耶稣基督，天父成为了我们的朋友，那么无论死的呼召何时临到我们，不管是早晨、中午或晚上，我们都可以坦然无惧地面对死亡。

二

生命是短暂的。

世界是一座桥，智慧人只会从桥上走过，不会从桥上往下走。人只是世上的一个寄居者，一个朝圣客。

早在公元 627 年，古国诺森伯尼亚（属英格兰的一个安格鲁王国）的一群智者，开会讨论可不可以认可他们的国王已接受了的基督教信仰。有位白发苍苍的元老在会上说了几句有关生命的话："国王陛下，人的生命好像一只麻雀飞过这座宫廷的大厅。陛下在用餐，壁炉里的炉火熊熊燃着，可是宫殿外冬天的风雪正在怒吼，灰暗寒冷。这只麻雀从一边的门飞进来，在屋内明亮的灯光和熊熊炉火的温暖中逗留了片刻，然后从另外一个门飞走，消失在它飞来的隆冬的黑暗中。人也是这样：只在我们眼前逗留片刻。他来到世上以前和离开世界以后的情形，我们都不知道。"

这种对人生的悲观看法与我们基督徒的信仰大相径庭。我们知道我是从上主那里来、回到上主那里去，人生只是上主的永恒中的短暂的一瞥。生命不是一种长期的持有物，人没有权利把生命据为己有。生命在基本上、在本质上，只是永恒当中极其短暂的片刻。

人生是生与死的交替，也是哀与乐的交替。

我们只要看一看每天出版的报纸，总可以读到有人出生，有人逝世，在这些新闻后面有喜也有哀。

哀是爱付出的代价，要是我们能放弃爱，让我们做到绝不关心人，这世上也便不会有哀。可是我们有感情、有喜好，我们是一个人，所以要生活在乐与哀的交替中。人生的确很短暂，有哀也有乐，无法摆脱。

三

生与死、乐与忧，交替不息，不管变化如何，生命总得向前，我们不能叫世界停步，让我们休息。我们也不能选择不让自己活下去，生命的本质要求我们不改变地接受它，一直活下去。对人生憎恨、抱怨、抗拒，不能改变世界，只能引起无穷的烦恼，徒呼负负。

著名的布道家麦克莱恩说过一个小故事。

几个朋友坐在一道讨论英雄的精神。大家同意无论是谁，在人生某个阶段，总会有点英勇的行为。座中有位年老的女人，看来平凡普通，却异常沉默冷静。有位年轻人问她："你的英雄事迹是什么呢？"他不知道这个女人曾经饱经沧桑，因为看见她平淡无奇，难免不信在这种女人的生命里，会有什么卓绝超凡的故事。女人回答说："你问我？我的英雄精神就是我能不断地活下去。"

接受人生，不断地生活下去，真的需要英雄般的勇气和毅力。

人必须有放下生命的准备。

生命不单如白驹过隙，非常短暂，而且沧桑多变，极不确定。谁也无法知道哪一天、哪一个时辰是他生命的终点。因此，他必须让自己尽早与天父恢复和好，把生活纳入正轨，合乎他所教导的法则。这样，任何时候，无论是早晨、是中午、是晚上，听到那最后的呼召，他都可以坦然无惧地去见主的面。

开头是婚礼，终了是葬礼，其间都是普普通通的日常工作，这就是生活，这就是生命的旋律。这旋律时刻提醒我们：人不是这个世界的居民，只是一个奔向永恒去的旅人。

（余也鲁　译）

死亡完全是人类的事情

卡夫卡

　　光亮也许把人从内心的黑暗中引开。如果光征服了人，那很好。如果没有这些可怕的不眠之夜，我根本不会写作。而在夜里，我总是清楚地意识到我单独监禁的处境。我身上始终背着铁栅栏。

　　我从来不能遵守约定的时间，我总是迟到。我很想掌握好时间，我有遵守约会的真诚的良好愿望，但客观情况或者我的身体状况总是一再地打碎我的愿望，以此表明我的虚弱，这也许是我的病根。

　　人们拍照，是为了把那些事从意识中赶出去。我的故事就类似闭上眼睛。

　　"心脏是一座有两间卧室的房子。一间住着痛苦，另一间住着欢乐。人不能笑得太响，否则笑声会吵醒隔壁房间的痛苦。"

　　"那么欢乐呢？高声诉苦是否也会吵醒欢乐？"

　　"不会。欢乐耳朵不好，它听不见隔壁房间的痛苦。"

　　"这话很对，因此，人们常常做出高兴的样子。人们在耳朵里塞进欢乐的蜡球。比如我，我假装快乐，躲到欢乐的后面。我的笑是一堵水泥墙。"

　　"防御谁？"

　　"当然防御我自己。"

　　"可是墙是朝向外界的。"

　　"它是朝外的抵御。"

　　"事情就是这样！每种抵御都是后退，都是躲藏，因此，把握世界总是意味着把握自己。每一堵水泥墙都只是一种假象，迟早要坍塌的。内与外属于一体。它们互相分开时是一个秘密的两个令人迷惘的外貌，这个秘密我们只能忍受，而无法解开。"

　　虚假的、通过外部措施去争取的假自由是一个错误，是混乱，是除了害怕和绝望的苦草外什么都不长的荒漠。这是自然的事，因为凡是具有真正的、耐久的价值的东西，都是来自内心的礼物。人不是从下往上生长，而是从里向外生长。这是一切生命自由的根本条件。这个条件不是人为制造出来的社会气氛，而是不断地通过斗争去争取的对自己和对世界的一种态度。有了这个条件，人就能自由。他们从黑暗中来，又在黑暗中消失。

　　您别这样做！您不知道，沉默包含了多少力量。咄咄逼人的进攻只是一种假象、一种诡计，人们常常用它在自己和世界面前遮掩弱点。真正持久的力量存在于忍受中。只有软骨头才急躁粗暴。他通常因此而丧失了人的尊严。

咒骂是可怕的东西。对我来说，这封信就像一处冒烟的、发出刺鼻气味、让人眼睛难受的火灾现场。每一句骂人的话都是对人类最大的发明——语言的破坏。谁骂人，谁就在辱骂灵魂。咒骂就是谋杀仁慈，但一个不会正确地斟酌字句的人也会犯这种谋杀行为，因为说话就是斟酌并明确地加以区分。话语是生与死之间的抉择。

一个人只能扔掉他确确实实占有的东西。我们可以把自杀看做是过分到荒唐程度的利己主义，一种自以为有权动用上帝权力的利己主义，而实际上却根本谈不上任何权力，因为这里原本就没有力量。自杀者只是由于无能而自杀。他什么能力也没有了，他已经失去了一切，他现在去拿他占有的最后一点东西。要做到这一点，他不需要任何力量。只要绝望，放弃一切希望就足够了，这不是什么冒险。延续，献身于生活，表面上看似乎无忧无虑地一天一天过日子，这才是冒风险的勇敢行为。

人们很难对付自我。他们渴望与需要克服的那个阶段划清界限，于是不断产生言过其辞的概念，因而一而再、再而三地形成新的假象，而这恰恰最清楚地表达了追求真理的欲望。人们只在悲剧的模糊镜子里发现自己。不过这也已经成为过去。

哪里！死亡完全是人类的事情。每个人都要死，而猴子则在整个人的族类中生存下去。"我"无非是由过去的事情构成的樊笼，四周爬满了经久不变的未来梦幻。

大多数人其实根本不是在生活，他们就像珊瑚附在礁石上那样，只是附在生活上，而且这些人比那些原始生物还可怜得多。他们没能抵御波涛中坚固的岩石。他们也没有自己的石灰质外壳。他们只分泌腐蚀性的黏液，使自己更加软弱、更加孤独，因为这种黏液把他们和其他人完全隔离开来。面对这种情况，我们能做什么呢？

大海滋生了这些不是十全十美的生物，人们是否该因此而反对大海？反对大海，也就是反对自己的生活，因为人也只不过是这样一个可怜的珊瑚，所以，我们只能拿耐心，无言地吞下往上涌的强烈的黏液。这是我不致为人和自己感到羞愧而能做的一切。

争取人生必需的温暖总是非常紧张的，这里关系到生与死的抉择，因此人们不能只当旁观者。灌木丛或木都不能保护我们。生活不是齐斯卡山。每个人都可能跌到轮下。弱者、贫者比有足够燃料的强者、富者更早。可以说，弱者常常在被轮子碾轧以前就垮了。

那些幽暗的角落、神秘的过道、模糊的窗户、肮脏的家院、嘈杂的酒馆和关闭的餐馆依然活在我们心中。我们穿越新城宽阔的街道，然而，我们的步伐和目光却是迟疑的。我们好像在贫困的老胡同里那样，内心仍在颤抖。我们的心一点也没有感受到卫生条件的改善。存在于我们身上的不卫生的老犹太城比我们周围的清洁卫生的新城更现实。我们清醒地穿过梦境：我们自己只不过是过去的岁月的一个幽灵。

不是永远如此，可是在现在这样一个不信上帝的时代，我们必须快乐。这是义务。船上乐队在下沉的泰坦尼克号（英国豪华游轮，1912 年撞上冰山沉没。——译者）上一直演奏到沉没。人们以此挖掉绝望的根基。

　　这话很对，但是悲伤是绝望的，而这里的问题是前景，希望，前进。危险只在于短暂的有限的片刻。过了这一时刻就是深渊。克服了深渊，一切就都不同了。关键就在这一片刻，它决定一生。

　　用身体不适作托辞其实很容易。可惜这种情况并不存在。我身上只感到一种极度的疲乏和空虚，一旦我被什么东西吸引陶醉，我就产生这种疲乏空虚。也许我没有想象力。一切事物都飘然离去，只留下灰色的、毫无慰藉的牢笼。

　　这是很自然的事，您在与死神的一次遭遇战中获胜了，这使人强壮。

　　对健康的人来说，生就是对人必有一死这种意识的无意识的、没有明言的逃遁。疾病总是警告，同时又是较量，因此，疾病、痛苦、病痛也是虔诚的极重要的源泉。

　　在家里总是不一样的，倘若人们自觉地生活，清醒地意识到他为其他人所承担的责任和义务，那么老家总是不断地具有新意。究其根本，人只因承担责任才是自由的。这是生活的真谛。

　　没有自由的生活是无法忍受的。

　　这话似乎很有说服力，以致我们几乎相信它，可是在实际生活中要难得多。自由是生。不自由总是致命的，但是死也与生一样真实。严重的是，我们听凭生和死两者的摆布。

　　虚构比发现容易。把极其丰富多彩的现实表现出来恐怕是世界上最困难的事情。形形色色的日常面孔像神秘的蝗群在人们身边掠过。

　　对我们来说，在什么地方有这样一条直达路线？只有梦才是直达道路，而梦只能引向迷途。

　　您又误解我了。我说的正相反：人自动抛却了他对世界承担的责任，不再参与世界活动。

　　我们大家都这样生活，仿佛我们都是独裁者。这样，我们就变成了乞丐。

　　回答只是愿望和许诺。但这并不安全可靠。

　　是沉沦，也许是罪愆。

　　什么是罪愆？我们认识这个词，知道它的用法，但是我们失去了感觉和认识。也许这已经是罚入地狱，被上帝所抛弃，是毫无意义的事。

　　是的，我包在一层坚硬的茧壳里，别指望能从这茧里飞出一只蛾来。但这也只是我的错误，或者说，这是反复发生的无望的罪孽。

　　不，这几本就够了。这是一个大海，人们很容易在这大海里沉没。在孔子的《论语》里，人们还站在坚实的大地上，但到后来，书里的东西越来越虚无缥缈，不可捉摸。老子的格言是坚硬的核桃，我被它们陶醉了，但是它们的核心对我却仍然紧锁着。我反复读了好多遍。然后我却发现，就像小孩玩彩色玻璃球那样，我让这些格言从一个思想角落滑到另一个思想角落，而丝毫没有前进。通过这些格言玻璃球，我其实只发现了我的思想槽非常浅，无法包容老子的玻璃球。这是令人沮丧的发现，于是我就停止了玻璃球游戏。这些书中，只有一本我算马马虎虎读懂了，这就是《南华经》。

　　有几段我画了线。比如这儿："不以生生死，不以死死生，死生有待邪？皆有所一体。"我想，这是一切宗教和人生哲理的根本问题、首要问题。这里重要的问题是把握事物和时间的内在关联，认识自身，深入自己的形成与消亡过程。这里，再下面几行，我画了整整一段。

这是正常的。真理总是深渊。就像在游泳学校那样，人们必须敢于从狭窄的日常生活经验的摇晃的跳板上往下跳，沉到水底，然后为了边笑边呼吸空气，又漂浮到现在显得加倍明亮的事物的表面。

没有，没有这样的指导，通向真理的道路没有时刻表。这里需要的是耐心献身的冒险勇气。开方子本身就是一种倒退，就是怀疑，因而也就是歧路的开端。事情就是这样，人们必须耐心地、毫不惧怕地接受一切。人是注定生，而不是注定死的。

害怕森林的人不能到森林里去。可是我们大家都在森林里。每个人的情况都不同，每个人都在不同的地方。只有一点是固定不变的，这就是自己的不足。人们必须以此为出发点。

问题就在这里！您要做的是不对的。您不能把生活搞成死亡的比喻。那样做是罪孽。

逃避自己的使命是罪孽。误解、不耐烦、懒散是罪孽。作家的任务是把孤立的非永生的东西导入无限的生活，把偶然导入规律。他要完成的是预言性任务。

人们无法逃脱自己。这是命运。我们唯一可能做的是，在冷眼旁观中忘却命运在拿我们戏耍。

哪里！他只不过习惯不同。也许他听说过，流氓无赖用文雅的举止跻身社交场合，广交朋友，所以他不穿燕尾服，套上粗麻袋。如此而已。

您要冷静耐心。您尽管让坏事发生好了。您不要逃避。相反，您要仔细观看。您要用主动的理解代替被动的接受刺激。这样您就会应付这些事情。人只有经过自己的微小才能到达高尚。

　　耐心是应付任何情况的巧妙办法。人们必须和一切事物一起共振，热衷于一切事物，同时又必须平静耐心。不能弯曲，不能折裂。只能克服，始于自我克服的克服。人们不能逃避这一点。逃离这条轨道就是崩溃。人们必须耐心地吸收一切，耐心地成长。胆怯的自我的界线只有用爱才能突破。人们必须在我们周围沙沙作响的枯萎死亡的树叶背后看幼嫩鲜亮的春绿，耐心等待。耐心是实现一切梦想的唯一的、真正的基础。

　　生活大不可测，深不可测，就像我们头上的星空。人只能从他自己的生活这个小窥视孔向里窥望。而他感觉到的要比看见的多。因此，他首先必须保持窥视孔的清洁纯净。

（叶廷芳　译）

生与死

泰戈尔

我存在，乃是所谓生命的一个永久的奇迹。

不要因为你自己没有胃口，而去责备你的食物。

生如夏花之绚烂，死如秋叶之静美。

死之印记给生的钱币以价值，使它能够用生命来购买那真正的宝物。

燃烧着的木块，熊熊地生出火光，叫道——"这是我的花朵，我的死亡。"

死之流泉，使生的止水跳跃。

我们的名字，便是夜里海波上发出的光，痕迹也不留地就泯灭了。

我们的生命就似渡过一个大海，我们都相聚在这个狭小的舟中。死时，我们便到了岸，各往各的世界去了。

死像大海的无限的歌声，日夜冲击着生命的光明岛的四周。

死之隶属于生命，正与出生一样。举足是在走路，正如放下足也是在走路。

大地呀，我到你岸上时是一个陌生人，住在你屋内时是一个宾客，离开你的门时是一个朋友。

当我死时，世界呀，请在你的沉默中，替我留着"我已经爱过了"这句话吧。

我们在热爱世界时便生活在这世界上。

让死者有那不朽的名，但让生者有那不朽的爱。

我将死了又死，以明白生是无穷无竭的。

爱的痛苦环绕着我的一生，像汹涌的大海似的唱着，而爱的快乐却像鸟儿们在花林里似的唱着。

假如您愿意，您就熄了灯吧。我将明白您的黑暗，而且将喜爱它。

我们将有一天会明白，死永远不能够夺去我们的灵魂所获得的东西，因为她所获得的，和她自己是一体。

我曾经受苦过，曾经失望过，曾经体会过"死亡"，于是我以我在这伟大的世界里为乐。

我的未完成的过去，从后边缠绕到我身上，使我难于死去，请从它那里释放了我吧。

（郑振铎　译）

超自我的生活

铃木大拙

　　如果探寻死的意义，那首先应该明白死不是孤立的现象，其背后还担负着生。也就是说，生与死是不可分离的。这种不可分性是必然的、绝对的，不会因为人们的好恶有所改变。这样，死的意义同时也还意味着生的意义。因此，探寻死的意义，实际上也就是探寻生的意义、探寻生与死的意义。

　　谈起生与死的意义，那就涉及人的世界的意义了。

　　生死只是人类所独有而其他生物所不具备的

事实。诸如猫、狗之类，因为是生物，所以也会死，但是，人们却往往说他们是没有生死的。即猫、狗之类的生死不是生死，仅仅同草木枯荣、同水和瓦斯的化学的分解与化合一样。

怎么说呢，人以外的所有生物，其生死不能同人相比，两者的内涵有本质的差异。当然，人以外的生物也生也死，但它们的生死如同石子自然下落一样。它们的生死没有意义。即便有生死的事实，但如果没有意义，那事实也便虚妄了。

生死的意义和个体观念紧紧地交织在一起。如果没有个体，生与死就会被看做是过眼烟云。因为有了人的个体观念，才有了人的生死观念。在这个角度上，可以说没有个体也便没有生死。自我是个体观念的核心。从前，妙心寺的关山国师赶走了一个行脚僧，说："我这里无生无死。"关山国师是站在超自我的立场上的。还有唐代的渐源，他叩动棺木问道吾："生邪？死邪？"道吾回答："生也不道，死也不道。"道吾的回答虽然很模糊，但也是站在超自我的立场上的。由此可见，如果站在超自我的立场上，那孤立的生死便消失了。

可是，如果说超自我，那首先一定要有一个被超越的自我。有了自我，才有可能超越，才必须要超越。否则，没有生死之类的话就是虚无缥缈的。被超越的自我和已经超越了的自我之间有很大的距离，但两者都存在着，因此，我们才可以说没有生死，才可以说生死是无意义的。人有着同其他生物不同的立场。人对生死、对自我是能够予以批判和超越的。

一般说来，关于这个"立场"，既是处于生死之中，又离开了生死，是个体的存在又超越了自我。

　　人总是面对着矛盾生，面对着矛盾死。矛盾是不容抹杀的存在。所以可以说，没有生也便没有死；也可以说，有生是无生，有死是无死。

　　生灭无常。因此，佛门弟子去修行，基督徒们坚定信仰，希望能在天国里永生。这些都是求生，也都是想对生死的意义作出真正的理解，从而善处它。而想对生死的意义作出正确的理解，其实就是要摆脱生死，即彻悟个体的意义。依佛学而言，就是超越生死，就是在生死中生，在生死中死。

　　所谓死之降临，并不是死的起始。生的时候，已经就是死。真正彻悟生死意义的人，每天都生活在生与死之中。因此，即便说他看到了死，那他也是不死，因为他本来就是在生死之中生生死死，即是"死中有活，活中有死，死中常死，活中常活"。

　　如果从个体的观点看，只有以自我的姿态在超自我中生活的人才是真正彻底的个体。这里，自我并没有灭却，它还有作为必然存在的意义。超越自我不意味着消灭自我。但是，反过来说，如果总是被个体束缚着，那个体便只有死而没有生。为什么呢？因为总是被自我束缚的个体必然要深陷于存在的否定之中，其结果也必然是或生或死，它只有选择而无法彻悟。

　　其实，死的意义即是生的意义。把握生的意义也便通晓了死的意义。人的生死不同于动物的生死，也不同于物质的生灭变化。人的生死有着另外的难以言传的意义。

　　也就是说，人作为人是始终在生与死中进行生死的。人是在能够看到处于生死之上的东西的时候去历尽和彻悟生死的。而其他的生物是不能看到处于生死之上的东西——超自我——的。因此，它们只是为生死而生死，只是化学的分解和化合。

如果想彻悟死，便彻悟生；如果想彻悟生，便彻悟死。这就是我想说的——

（未也　译）

奇生妙死

死之默想

周作人

四世纪时希腊厌世诗人巴拉达思作有一首小诗道：

Polla laleis, anthrope－Palladas

你太饶舌了，人呵，不久将睡在地下；

住口罢，你生存时且思索那死。

这是很有意思的话。关于死的问题，我无事时也曾默想过（但不坐在树下，大抵是在车上），可是想不出什么来，——这或者因为我是个"乐天的诗人"的缘故吧。但其实我何尝一定崇拜死，有如曹慕管君，不过我不很能够感到死之神秘，所以不觉得有思索十日十夜之必要，于形而上的方面也就不能有所饶舌了。

窃察世人怕死的原因，自有种种不同，"以愚观之"可以定为三项，其一是怕死时的苦痛，其二是舍不得人世的快乐，其三是顾虑家族。苦痛比死还可怕，这是实在的事情。十多年前有一个远房的伯母，十分困苦，在十二月底想投河寻死（我们乡间的河是经冬不冻的），但是投了下去，她随即走了上来，说是因为水太冷了。有些人要笑她痴也未可知，但这却是真实的人情。倘若有人能够切实保证，诚如某生物学家所说，被猛兽咬死痒苏苏地很是愉快，我想一定有许多人裹粮入山去投身饲饿虎的了。可惜这一层不能担保，有些对于别项已无留恋的人因此也就不得不稍为踌躇了。

顾虑家族，大约是怕死的原因中之较小者，因为这还有救治的方法。将来如有一日，社会制度稍加改良，除施行善种的节制以外，大家不问老幼可以各尽所能，各取所需，凡平常衣食住，医药教育，均由公给，此上更好的享受再由个人的努力去取得，那么这种顾虑就可以不要，便是夜梦也一定平安得多了。不过我所说的原是空想，实现还不知在几十百千年之后，而且到底未必实现也说不定，那么也终是远水不救近火，没有什么用处。比较确实的办法还是设法发财，也可以救济这个忧虑。为得安闲的死而求发财，倒是很高雅的俗事；只是发财大不容易，不是我们都能做的事，况且天下之富人有了钱便反死不去，则此亦颇有危险也。

人世的快乐自然是很可贪恋的，但这似乎只在青年男女才深切的感到，像我们将近"不惑"的人，尝过了凡人的苦乐。此外别无想做皇帝的野心，也就不觉得还有舍不得的快乐。我现在的快乐只是想在闲时喝一杯清茶，看点新书（虽然近来因为政府替我们储蓄，手头只有买茶的钱），无论他是讲虫鸟的歌唱，或是记贤哲的思想，古今的刻绘，都足以使我感到人生的欣幸。然而朋友来谈天的时候，也就放下书卷，何况"无私神女"（Atropos）的命令呢？我们看路上许多乞丐，都已没有生人乐趣，却是苦苦的要活着，可见快乐未必是怕死的重大原因，或者舍不得人世的苦辛也足以叫人留恋这个尘世罢。讲到他们，实在已是了无牵挂，大可"来去自由"，实际却不能如此，倘若不是为了上边所说的原因，一定是因为怕河水比彻骨的北风更冷的缘故了。

对于"不死"的问题，又有什么意见呢？因为少年时当过五六年的水兵，头脑中多少受了唯物论的影响，总觉得造不起"不死"这个观念来，虽然我很喜欢听荒唐的神话。即使照神话故事所讲，那种长生不老的生活我也一点儿都不喜欢。住在冷冰冰的金门玉阶的屋里，吃着五香牛肉一类的麟肝凤脯，天天游手好闲，不在松树下着棋，便同金童玉女厮混，也不见得有什么趣味，况且永远如此，更是单调而且困倦了。又听人说，仙家的时间是与凡人不同的，诗云"山中方七日，世上已千年"，所以烂柯山下的六十年在棋边只是半个时辰耳，哪里会有日子太长之感呢？但是由我看来，仙人活了二百万岁也只抵得人间的四十春秋，这样浪费时间无裨实际的生活，殊不值得费尽了心机去求得他。倘若二百万年后劫波到来，就此溘然，将被五十岁的凡夫所笑。较好一点的还是那西方凤鸟（Phoenix）的办法，活上五百年，便尔蜕去，化为幼凤，这样的轮回倒很好玩的，——可惜他们是只此一家，别人不能仿作。大约我们还只好在这被容许的时光中，就这平凡的境地中，寻得些许的安闲悦乐，即是无上幸福，至于"死后，如何？"的问题，乃是神秘派诗人的领域，我们平凡人对于成仙做鬼都不关心，于此自然就没有什么兴趣了。

论不免一死

林语堂

　　因为我们有这么个会死的身体，以至于遭到下面一些不可逃避的后果：第一，我们都不免一死；第二，我们都有一个肚子；第三，我们有强壮的肌肉；第四，我们都有一个喜新厌旧的心。这些事实各有它根本的特质，所以对于人类文明有很重要的影响。因为这种现象太明显了，所以我们反而不曾想起它。我们如果不把这些后果看清楚，便不能认识我们自己和我们的文明。

　　人类无论贵贱，身躯总是五六尺高，寿命总是五六十岁。我疑惑这世间的一切民主政治、诗歌和哲学是否都是以上帝所定的这个事实为出发点的。大致说来，这种办法颇为妥当。我们的身子长得恰到好处，不太高，也不太低。至少我对于我这个五尺四寸之躯是很满意的。同时五六十年在我看来已是够悠长的时期；事实上五六十年便是两三个世代（Generation）了。依造物主的安排方法，当我们呱呱坠地后，一些年高的祖父即在相当时期内死掉。当我们自己做祖父的时候，我们看见另外的小婴儿出世了。看起来，这办法真是再好也没有。这里的整个哲学便是依据下面的这句中国俗语——"家有千顷良田，只睡五尺高床"。即使是一个国王，他的床，似乎不需超过七尺，而且一到晚上，他也非到那边去躺着不可。所以我是跟国王一样幸福的。

无论这个人怎么样的富裕，但能超过《圣经》中所说的七十年的限度的，就不多见，活到七十岁，在中国便称为"古稀"，因为中国有一句诗："人生七十古来稀。"

关于财富，也是如此。我们在这生命中人人有份，但没有一个人握着全部的抵押权。因此我们对于人生可以抱着比较轻快随便的态度：我们不是这个尘世的永久的房客，而是过路的旅客。地主、佃户，都是一样的旅客。这种观念减弱了"地主"一词的意义。没有一个人能实在地说，他拥有一所房子或一片田地。一位中国诗人说得好：

苍田青山无限好，

前人耕耘后人收；

寄语后人且莫喜，

更有后人乐逍遥！

人类很少能够体念到死的平等意义。世间假如没有死，那么即使是拿破仑在圣海伦那（St. Helena）也要觉得毫不在乎，而欧洲将不知是要变成个什么样子。世间如果真没有死，我们便没有英雄豪杰的传记，就是有的话，作者也一定会有一种较不宽恕、较无同情心的态度。我们宽恕世界的一切伟人，因为他们是死了。他们一死，我们便觉得已和他们消灭了仇恨。每个葬礼的行列都似有着一面旗帜，上边写着"人类平等"的字样。万里长城的建造者、专制暴君秦始皇焚书坑儒，制定"腹诽"处死的法律，中国人民在下面那首讲到秦始皇之死的歌谣里，表现着多么伟大的生之欢乐啊！

> 秦始皇奄僵，
>
> 开吾民，
>
> 据吾床，
>
> 饮吾酒，
>
> 唾吾浆，
>
> 餐吾饮，
>
> 以为粮；
>
> 张吾弓，
>
> 射东墙，
>
> 前至沙丘当灭亡！

人类喜剧的意识，与诗歌和哲学的资料，大都是如此而产生的。能见到死亡的人，也能见到人类喜剧的意识，于是他即很迅速地变成诗人了。

莎士比亚写哈姆雷特寻找亚历山大大帝的高贵残骸遗灰，"后来他发现这灰土也被人家拿去塞一个啤酒桶的漏洞。""亚历山大死了，亚历山大葬了，亚历山大变成尘土了，我们拿尘土来做黏土，为什么不可以去塞一个啤酒桶的漏洞呢？"莎士比亚写这段文字时，已经变成了一个深刻的诗人了。莎士比亚使理查二世谈到坟墓、虫儿、墓志铭，谈到皇帝死后，虫儿在他的头颅中也玩着朝廷上的滑稽剧，又谈到"有一个购买田地的大买主，经过着法令、具结、罚金、双重证据和收回，结果他虽花了如许罚金（Fines），但仍变成一个良好的头顶满装着精致的尘土（Fine Plate full of fine dirt）。莎士比亚在这地方即表现着最优越的喜剧意识。奥端开涯（Omar Khayyam，十世纪波斯诗人）及中国的贾凫西（别名木皮子，一位隐居的中国诗人），都是从死亡的意识上获得他们的诙谐心情，以及对历史的诙谐解释。他们从那些在皇帝的坟墓里住着的狐狸来借题发挥庄子的全部哲学，也是基于他对于一个髑髅的言论。中国的哲学到庄子的时代，才第一次蕴含着深刻的理论和幽默的成分：

　　庄子之楚，见空髑髅，髐然有形；撽以马捶，因而问之曰："夫子贪生失理，而为此乎？将子有亡国之事，斧钺之诛，而为此乎，将子有不善之行，愧遗父母妻子之丑，而为此乎？将子有冻馁之患，而为此乎？将子之春秋故及此乎？"于是语卒，援髑髅枕而卧……

　　庄子妻死，惠子吊之。庄子则方箕踞鼓盆而歌。惠子曰："与人居，长子老身，死不哭，亦足亦；又鼓盆而歌，不亦甚乎？"

　　庄子曰："不然。是其始死也，我独何能无慨然？察其始而本无生；非徒无生也，而本无形；非徒无形也，而本无气。杂乎芒芴之间，变而有气；气变而有形；形变而有生；今又变而之死，是相与为春秋冬夏四时行也。人且偃然寝于巨室，而我嗷嗷然随而哭之，自以为不通乎命。故止也。"

当我们承认人类不免一死的时候，当我们意识到时间消逝的时候，诗歌和哲学才会产生出来。这种时间消逝的意识是藏在中西一切诗歌的背面的——人生本是一场梦，我们正如划船在一个落日余辉返照的明朗下午，沿着河划去。花不常好，月不常圆，人类生命也随着在动植物界的行列中永久向前走，出生、长成、死亡，把空位又让给别人。等到人类看透了这尘世的空虚时，方才开始觉悟起来。庄子说，有一次做个梦，梦见自己变成蝴蝶，他也觉得能够展开翅膀来飞翔，好像一切都是真的，可是当他醒来时，他觉得他才是真实的庄子；但是后来，他陷入颇滑稽的沉思中，他不知道到底是庄子在梦做蝴蝶，还是一只蝴蝶在梦做庄子。所以人生真是一场梦，人类活像一个旅客，乘在船上，沿着永恒的时间之河驶去，在某一个地方上船，在另一个地方上岸，好让其他河边等候的旅客上船。假如我们不以为人生实是一场梦，或是过路的旅客所走的一段旅程，或是一个连演员自己也不知道是在做戏的舞台，那么，人生的诗歌连一半也不曾存在了。一个名叫刘达生的中国学者在给他朋友的信中写着：

世间极认真事，曰"做官"；极虚幻事，曰"做戏"；而弟曰愚甚。每于场上遇见歌哭笑骂，打诨插科，便确认为真真；不在所打扮古人，而在此扮古人之社子。——俱有父母妻儿，——俱要养父母活妻儿，——俱靠歌哭笑骂，打诨插科去养父母活妻儿，此戏子乃真古人也。又每至于顶冠束带，装模作样之际，俨然自道一真官，天下亦无一人疑我为戏子者！正不知打恭看坐，欢颜笑口；与夫作色正容，凛莫敢犯之官人，实即此养父母活妻儿，歌哭笑骂打诨插科，假扮之戏子耳！乃拿定一场戏目，戏本戏腔，至五脏六腑，全为戏用，而自亦不觉为真戏子。悲夫！

了生死

梁实秋

　　信佛的人往往要出家。出家所为何来？据说是为了一大事因缘，那就是要"了生死"。在家修行，其终极目的也是为了要"了生死"。生死是一件事，有生即有死，有死方有生，"了"即是"了断"之意。生死流转，循环不已，是为轮回，人在轮回之中，纵不堕入恶趣，生老病死四苦煎熬亦无乐趣可言。所以信佛的人要了生死，超出轮回，证无生法忍。出家不过是一个手段，习静也不过是一个手段。

　　但是生死果然能够了断么？我常想，生不知

所从来，死不知何处去，生非甘心，死非情愿，所谓人生只是生死之间短短的一概。这种看法正是佛家所说的"分段苦"。我们所能实际了解的也正是这样。波斯诗人俄谟伽耶姆的四行诗恰好说出了我们的感觉：

> 不知为什么，亦不知来自何方，
>
> 就来到这世界，像水之不自主地流；
>
> 而且离开了这世界，不知向哪里去，
>
> 像风在原野，不自主地吹。

"我来如流水，去如风"，这是诗人对人生的体会。所谓生死，不了断亦自然了断，我们是无能为力的。我们来到这世界，并未经我们同意，我们离开这世界，也将不经我们同意。我们是被动的。

人死了之后是不是万事皆空呢？死了之后是不是还有生活呢？死了之后是不是还有轮回呢？我只能说不知道。使哈姆雷特踌躇不决的也正是这一种怀疑。按照佛家的学说，"断灭相"决非正知解。一切的宗教都强调死后的生活，佛教则特别强调轮回。我看世间一切有情，是有一个新陈代谢的法则，是有遗传嬗递的迹象，人恐怕也不是例外，长江后浪推前浪，一代新人代旧人，如是而已。又看佛书记载轮回的故事，大抵荒诞不经，可供谈助，兼资劝世，是否真有其事殆不可考。如果轮回之说尚难证实，则所谓了生死之说也只是可望而不可即的一个理想了。

我承认佛家了生死之说是一个崇高理想。为了希望达到这个理想，佛教徒制定了许多戒律，所谓根本五戒，沙弥十戒，比丘二百五十戒，这还都是所谓"事戒"，菩萨十重四十八轻戒之"性戒"尚不在内。这些戒律都是要我们在此生此世来身体力行的。能彻底实行戒律的人方有希望达到"外息诸缘，内心无喘"的境界。只有切实地克制情欲，方可逐渐地做到"情枯智讫"的功夫。所有的宗教无不强调克己的修养，斩断情根，裂破俗网，然后才能湛然寂静，明心见性。就是佛教所斥为外道的种种苦行，也无非是戒的意思，不过做得过分了些。中古基督教也有许多不近人情的苦修方法。凡是宗教都是要人收敛内心截除欲念。就是伦理的哲学家，也无不倡导多多少少的克己的苦行。折磨肉体，以解放心灵，这道理是可以理解的。但是以爱根为生死之源，而且自无始以来，因积业而生死流转，非斩断爱根无以了生死，这一番道理便比较难以实证了。此生此世持戒，此生此世受福，死后如何，来世如何，便渺茫难言了。我对于在家修行的和出家修行的人们有无上的敬意。由于他们的参禅看教，福慧双修，我不怀疑他们有在此生此世证无生法忍的可能，但是离开此生此世之后是否即能往生净土，我很怀疑。这净土，像其他的被人描写过的天堂一样，未必存在。如果它是存在的，只是存在于我们的心里。

西方斯多亚派哲学家所谓个人的灵魂于死后重复融合到宇宙的灵魂里去，其种种信念也无非是要人于临死之际不生恐惧，那说法虽然简陋，却是不落言筌。蒙田说："学习哲学即是学习如何去死"。如果了生死即是了解生死之谜，从而获致大智大勇，心地光明，无所恐惧，我相信那是可以办到的。所以我的心目中，宗教家乃是最富理想而又最重实践的哲学家。至于了断生死之说，则我自惭劣钝，目前只能存疑。

死　南
　　帆

　　没有人能够不死。蒙田说过,人必定要死,因为人活着。这是一个简洁而又彻底的解释。还有必要再说什么吗?

　　尽管如此,死仍然是一个不衰的话题。人们可以在这个话题周围搜集到众多的伟人语录。他们用睿智的言辞告诫芸芸众生:破除死亡的恐惧,死亡不过是一个无尽的假期,人们可以从此安然地超脱世俗的纠缠了。许多伟人含笑嘲讽了那些贪生怕死的人。然而,这并不是真正的安详。纷纷的议论证明,这些伟人同样在乎死。即使庄子式的鼓盆而歌也仍然是一种在乎的特殊形式。他们从来不像议论死亡那样议论睡眠或者议论喝水。不可遏止的表述欲望暗示了某种潜在的焦虑。

似乎有理由焦虑。人们无法控制自己生，因而就更热衷于掌握自己的死。人生仅是有声有色的几十年。人们想知道，跨出这几十年就是一片永恒的黑暗吗？提前了解归宿会令人心情安定。可是，所有的人都只能用未来时态谈论死亡。人们无法潜入死亡之渊遨游一番，然后以过来人的身份叙述死亡经验。死亡是有去无返的。此岸的语言永远徘徊在死亡的大门之外，无法入内。事实上，人们描述不了死亡。我想可以说，死亡的无知很大程度地导致了死亡的恐惧；另一方面，死亡的无知又使这个话题绵绵不绝。

诚然，由于医学技术的进步，某些人企图找到一个入口窥视死亡的真相。他们通过冷冻与急速复苏飞快地从死亡身边掠过，短暂地亲历死亡。这多少有些僭妄。死亡是由上帝主管，死亡的大门终究会向每一个人敞开，人们又有什么必要操之过急？

死亡不仅是躯体的终结，而且，死亡具有精神的重量。一句拉丁格言说："生命中最确定的事情是，每个人都会死亡；生命中最不确定的事情是，死亡将于何时降临。"其实，死亡的形式同样繁杂多样。一个人可能在半秒之内死于枪口之下，也可能通过漫长的病榻生涯进行一次马拉松式的死亡。换言之，死亡可能在每时每刻抵达现场，回收任何一个生命。因此，每一个人自从懂事开始就意识到，他的一切所作所为——他的恋爱、苦役、欢宴、愁思——无时不在死神的炯炯目光之下。这使死亡可能进驻一个人生命的每一片刻，深刻地改变了生命的全部形式。由于死亡所具有的精神重量，生命的每一刻都绷紧了，从而产生出内在的紧张。所以，齐尔美感触地说："死亡是彻头彻尾地与生命联系在一起的。"这将使人们的生命不至于那么轻佻。人们至少懂得了珍惜生命；懂得了时不我待，韶光易逝，青春不再；还懂得了体验速度这一概念。确实，如果生命不是一个有限的时间单位，那么，快或慢、先或后又能有什么差异呢？

"人之将死，其言也善。"我想，这时人们不是更聪明了，而是更透彻了。人们总是在这个时候方才看破世情。那个指点江山、纵横天下的英雄哪里去了？那个倾城倾国、心比天高的美人哪里去了？一切幻象都消失了，只有奄奄一息的躯体暴露出可怜的本质——最终这具躯体不过占据一个小小的洞穴，或者成为一撮骨灰。没有人犟得过死神。荣或者辱，成或者败，没有哪一具躯体挣得到另一种最终的归宿。

人是能够意识到死亡的动物，同时，人又是不甘死亡的动物。这并不是舍不得丢弃肉身之躯——对于久病不愈的人来说，死亡毋宁说是躯体痛苦的解脱。死亡的伤心之处是残酷地撕裂了精神。一个人从牙牙学语到长大成人，这意味着他的精神与周围的世界愈来愈融洽。亲情、爱情、友情，迷人的工作和骄傲的成就——这一切已经植入他的生命，水乳交融。然而，死亡的利刃顷刻将所有的生活一挥为二，从此人间冥界一去永绝。谁又能跨得过死亡的界河呢？"悠悠生死别经年，魂魄不曾来入梦！"

死亡到来的时候，一个巨大的黑幕落下来遮住了一切。什么都结束了，死亡是一个无坚不摧的句号。愤慨、仇恨、愁苦、耻辱、烦恼、羞愧，没有什么事情是死亡所不能了结的。于是，死亡为所有的难堪提供最后的处理方式。想到了"大不了一死了之"的结局，一个人就有了承受一切的勇气。刑罚的痛苦不堪忍受，沉重的世事纠缠不断，责任的压力让人身心交瘁，内疚之情噬穿了五脏六腑，悔恨日日夜夜焚烧不已——如何逃离这样的煎熬？这时，死亡为人们保留了一条最终的后路。人们可以在百般无奈之中说，不是还有死吗？如果取消了这一条后路，许多人真不知道如何面对难以承受的局面。虚构的故事之中，那些不死的人所面临的最大烦恼即是，不知道如何彻底地了结烦恼。

可是，如果死是一个吞噬一切的空洞，那么，生与死之间就失去了紧密的内在联系。死亡之后不再承担生前行善积德或为非作歹所形成的后果，生就会成为一个孤立的过程。死不再具有威慑力，死不再从另一个高度监督着生，这将使活着的人丧失敬畏之心。人可以从心所欲，为所欲为，反正死的时候一了百了。这样，死后的虚无无意地为生前的堕落撤去了必要的心理障碍。这无疑隐藏着某种不可低估的危险。

作为种种劝善的知识体系，宗教赋予死亡丰富的内容。按照许多宗教派别的眼光，死亡并不是到此为止的意思。死后还有灵魂的审判，天堂和地狱，还有轮回报应，投胎转世。一个人的现世行为如果不是转移到他的来生，至少也会折射到子孙身上。总之，宗教创造出种种循环的故事，让生和死连缀为一串相互锁扣的长链。宗教的安慰和儆戒将避免人们由于死亡所造成的可怕中断而自暴自弃。

不管怎么说，死是一个生者的话题。人生的跋涉路程遥远，风尘仆仆，这个话题始终搁在人们的行囊里。进入老迈之年，这个话题的分量会越来越沉。到了力竭而必须解脱的那一天，一个人会在跨过死亡的门槛之前卸下这个话题。他已经不必继续费神了。这个话题引起的所有苦恼和不安将由红尘之中的后人继承。

生之末之沉思

苏格拉底

人们如果从另一角度来思考死亡，就会发觉有绝大理由相信死亡是件好事。死亡可能是以下两种情形的其中之一：或是完全没有知觉的虚无状态；或是大家常说的一套，灵魂经历变化，由这个世界移居到另一世界。倘若你认为死后并无知觉，死亡犹如无梦相扰的安眠，那么死亡真是无可形容的得益了。如果某人要把安恬无梦的一夜跟一生中的其他日子相比，看有多少日子比这一夜更美妙愉快，我想他说不出有多少天。不要说是平民，就是显赫的帝王也如此。如果这就是死亡的本质，那么死亡真是一种得益，因为这样看来，永恒不过是一夜。倘若死亡一如大家常说的那样，只是迁移到另一世界，那里聚居了所有死去的人，那么，我的诸位朋友、法官，还有什么事情比这样来得更美妙呢？假若这游历者到达地下世界时，摆脱了尘世的判官，却在这里碰见真纯正直的法官迈诺、拉达门塞斯、阿克斯、特立普托里玛斯，以及一生公正的诸神儿子，那么这历程就确实有意义了。如果可以跟俄耳甫斯、缪萨尤斯、赫西阿德、荷马相互交谈，谁不愿意舍弃一切？要是死亡真是这样，我愿意不断受死。我很希望碰见帕拉默底斯、蒂拉蒙的儿子埃杰克斯以及受不公平审判而死的古代英雄，和他们一起交谈。我相信互相比较我们所受的苦难会是件痛快的事情。更重要的是，我可以像在这世界一样，在那新世界里继续探求事物的真伪。我可以认清谁是真正的才智之士，谁只是假装聪明。法官们啊，谁不愿舍弃一切，以换取机会研究远征特洛伊的领袖奥德修斯、西昔法斯和无数其他的男男女女！跟他们交谈，向他们请教，将是无穷快乐的事情！在那世界里，绝不会有人因发问而获死罪！如果传说属实，住在那里的人除了比我们快乐之外，还会永生不死。

　　法官们啊，不必为死亡而感到丧气。要知道善良的人无论生前死后都不会遭逢恶果，他和家人不会为诸神抛弃。快要降临在我身上的结局绝非偶然。我清楚地知道现在对我来说，死亡比在世为佳。我可以摆脱一切烦恼，因此未有神谕显现。为了同样的理由，我不怨恨起诉者或是将我判罪的人。他们虽对我不怀好意，却未令我受害。不过，我可要稍稍责怪他们的不怀好意。

　　可是我仍然要请你们为我做一件事情。诸位朋友，我的几个儿子成年后，请为我教导他们。如果他们把财富或其他事物看得比品德为重，请像我烦劝你们那样烦劝他们。如果他们自命不凡，那么，请像我谴责你们那样谴责他们，因为他们忽视了该看重的事物，本属渺小而自命不凡。你们倘能这样做，我和我的儿子便会自你们手中得到公义。

离别的时刻到了，我们得各自上路——我走向死亡，你们继续活下去。至于生与死孰优，只有神明方知。

（玉明　译）

论死亡

培根

犹如儿童畏惧黑暗，人类对死亡的恐惧，也由于听信太多的鬼怪传说而增大。

其实，与其视死亡为恐怖，倒不如采取一种宗教性的虔诚，从而冷静地看待死——视之为人生必不可免的归宿，以及对尘世罪孽的赎还。

如果将死亡看作人对大自然的被迫献祭，那么当然会对死亡心怀恐惧。但是，在那种宗教的沉思中，也难免掺杂有虚妄与迷信。在一些修道士的苦行录中，可以读到这样的说法：试想一指受伤就何其痛苦！那么当死亡侵损人的全身时，其痛苦更不知大多少倍。实际上，死亡的痛苦未必比手指的伤痛为重——因为人身上致命的器官，并非也是感觉最灵敏的器官啊！所以，塞涅卡（以一个智者和一个普通凡人的身份）讲的是对的："与死俱来的一切，甚至比死亡本身更可怕。"这是指将死前的呻吟与痉挛、惨白的肤色、亲友的悲号、丧具与葬仪，如此种种都把死亡的过程衬托得十分可怖。

然而，人类的心灵并非真的如此软弱，以致不能抵御和克服对死亡的恐惧。人类可以召唤许多伴侣，帮助人克服对死的恐怖——仇忾之心压倒死亡，爱情之心蔑视死亡，荣誉感使人献身死亡，哀痛之心使人奔赴死亡。而怯懦软弱却会使人在死亡尚未到来之前心灵就先死了。

在历史中我们曾看到，当奥陶大帝伏剑自杀后，他的臣仆们只是出自忠诚的同情（一种软弱的感情）而甘愿毅然从之殉身。而塞涅卡说："厌倦和无聊也会使人自杀，乏味与空虚能置人于死，尽管一个人既不英勇又不悲惨。"

但有一点也应当指出。那就是，死亡无法征服那种伟大的灵魂。这种人，直到生命的最后一刻，也始终如一不失其本色。

在奥古斯都大帝的弥离之际，他唯一关注的只是爱情："永别了，丽维亚，不要忘记我们的过去！"

提比留斯大帝根本不理会死亡的逼近，正如塔西佗所说："他虽然体力日衰，智慧却敏锐如初。"

菲斯帕斯幽默地迎候死亡的降临，他坐在椅子上说："难道我就将这样成为神吗？"

卡尔巴之死来自不测，但他却勇敢地对那些刺客说："你们杀吧，只要这对罗马人民有利！"随后他从容地引颈就戮。

　　塞纳留斯直到临死前所惦念的还是工作，他的遗言是："假如还需要我办点什么，就快点拿来。"诸如此类，视死如归，大有人在。

　　那些斯多葛学者未免把死亡看得过于严重了，以致他们曾不厌其烦地讨论对于死亡的种种精神准备。而朱维诺却说得好："死亡也是大自然赐给人类的恩惠之一。"

　　死亡与生命都是自然的产物，一个婴儿的降生也许与死亡同样痛苦。在炽热如火的激情中受伤的人，是感觉不到痛楚的。而一个坚定执著、有信念的心灵也不会因畏惧死亡而陷入恐怖。

　　人生最美好的挽歌，无过于当你在一种有价值的事业中度过了一生后能够说："主啊，如今请让你的仆人离去。"

　　死亡还具有一种作用，它能够消歇尘世的种种困扰，打开赞美和名誉的大门——正是那些生前受到妒恨的人，死后却将为人类所敬仰！

　　　　　　　　　　　　　　　　　　　　　（何新　译）

轻轻地离去

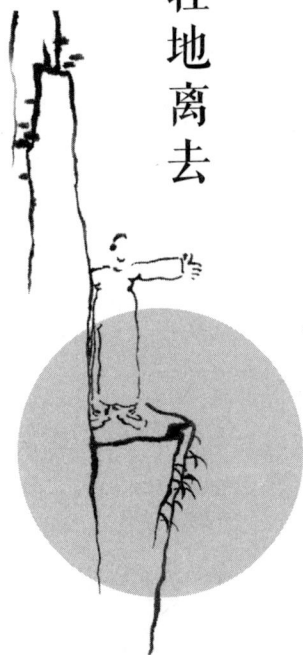

生死

冯友兰

死是生的反面，所以能了解生，即能了解死。《论语》说，"子路问死，曰：'未知生，焉知死'"。孔子此答，似乎答非所问。孔子似乎想避开子路所提出的问题，但其实并不是如此。死是一种否定，专就其是否定说，死又有什么可说？欲说死，必就其所否定者说起。欲了解死，必先了解生，能了解生则亦可以了解死。

从另一方面说，死虽是人生的否定，而死却又是人生中的一件大事。因为一个人的死是他的一生中的最后一件事，比如一出戏的最后一幕。

最后一幕虽是最后的，但总是一出戏的一部分，并且可以是其中的最重要的一部分。从此方面看，我们可以说，"大哉死乎！"从此方面说，我们亦可说，欲了解死必先了解生，能了解生则亦能了解死。所以程子亦说："知生之道则知死之道。"朱子亦说："非原始而知所以生，则必不能反终而知所以死。"

对于生的了解到某种程度，则生对于有此等了解的人，有某种意义。生对于有此等了解的人有某种意义，则死对于有此等了解的人，也有某种与之相应的意义。对于在自然境界中的人，生没有很清楚的意义，死也没有很清楚的意义。对于在功利境界中的人，生是"我"的存在继续，死是"我"的存在的断灭，对于在道德境界中的人，生是尽伦尽职的所以（所以使人能尽伦尽职者），死是尽伦尽职的结束。对于在天地境界中的人，生是顺化，死亦是顺化。

在死的某种意义下，死是可怕的。人对于死的怕，对于死的忧虑，即是人所受的死对于人的威胁。人怕死则受死的威胁，不怕死则不受死的威胁。

怕死者，都是对于生死有相当的觉解者。对于生死完全无觉解，或无相当的觉解者，不知怕死。对于生死有较深的觉解者不怕死。对于生死有彻底的觉解者，无所谓怕死不怕死。不怕死及无所谓怕死不怕死者均不受死的威胁。不怕死者不受死的威胁，因为他能拒绝死的威胁。无所谓怕死不怕死者，不受死的威胁，因为他能超过死的威胁。不知怕死者，亦可说是不受死的威胁。不过他不受死的威胁是因为他不及受死的威胁。就人的境界说，在自然境界中的人，不知怕死。在功利境界中的人，怕死。在道德境界中的人，不怕死。在天地境界中的人，无所谓怕死不怕死。

　　一般动物，对于生死，都是全无觉解的。它们都是有死的，虽然都是有死的，但自然都已为它们预备好了种种方法以继续它们的生命。见生物都可以有子。它们的子即是它们生命的继续。生物不能不死，而却有此一种方法，以继续它们的生命。所以柏拉图说：这是"不死的动的影像"。一般动物，除人而外，都在不知不觉中，用这一种方法，以继续它们的生命。就它们自己的个体的生存说，它们虽有生而不自觉其有生，虽将来有死，不知其将来有死。不知其将来有死，所以亦不知怕死。

　　人对于生死有相当的觉解。对于生死有相当的觉解者，知自然为一般动物所预备的方法，以继续其生命者，实只能得一不死的动的影像，不死的动的影像，并不即是不死。人有子虽能继续他的生命，但不能继续他的意识。从个体的观点看，一个人是一个个体，他的子又是一个个体。他的子虽是他的子，但并不就是他；他可以以他自己为"我"，但只能以他的子为"我的"。他是个体，他自觉他是个个体。他有他的个体的意识。他的个体的意识，是任何别人所不能知，而只有他自己能知者，可以说是他的"独"。就此方面看，生是一个人"我"的存在的继续，他的"独"的存在的继续。死是一个人"我"的存在的断灭，他的"独"的存在的断灭。由此方面看，死是可怕的。

　　人对于生死的觉解，到此种程度者最是怕死。在自然境界中的人，对于生死虽有觉解，但尚未到此种程度。对于在自然境界中的人，生没有很清楚的意义，死也没有很清楚的意义。这并不是说，他于生时，不能有什么活动。他亦可以有活动，并且可以有很多的活动，不过他的活动都是顺才或顺习而行。所以他虽有活动，而对于许多活动，他并无觉解。他虽亦知他将来有死，但对于死，他并不预先注意，至少也是不预告忧虑。对于死所能有的后果，他了解甚少，他可以说有"赤子之心"。小孩子见人死，以为人死似不过是睡着不醒而已，或以为人死似不过是永远不能吃饭而已。在自然境界中的人，对于死的了解，虽不必即如此地天真，然亦是天真的。对于死的了解，即如此地少，所以他亦不知怕死。他不知怕死与一般动物不知怕死不同。一般动物不知怕死，是因为它不知有死。在自然境界中的人，不知怕死，是因为不知死之可怕，如所谓"初生牛犊不怕虎"者。

不知怕死者，虽亦可不受死的威胁，但不能有不受死的威胁之乐。因为他不受死的威胁，乃是由于他的觉解的不及。他本不知死之可怕，所以他不受死的威胁，而不能有不受死的威胁之乐。他不受死的威胁，可以说是"为他的"，而不是"为自的"。庄子《大宗师》说："至人不知悦生，不知恶死。其出不诉，其入不距。悠然而往，翛然而来，而已矣。"道家常将自然境界与天地境界相混，此所说的境界是一种自然境界。

在自然境界中的人，不知怕死，所以他亦不有目的地、有计划地设法对付死。在功利境界中的人，一切行为，都是"为我"。死是"我"的存在的断灭，所以在功利境界中的人，最是怕死。他们有目的地、有计划地设法对付死。……在功利境界中的人应付死的办法，果能减少死的威胁与否，及其果能减少至如何程度，似乎因人而异。无论如何，在道德境界及天地境界中的人，并不需要此诸种办法。

在道德境界中的人知性。他知性，所以在社会中尽伦尽职以尽性。尽伦尽职必于事中尽之。所以在道德境界中的人，必不做"自了汉"，必于社会中做事。他所做的事，都是为在社会中尽伦尽职而做的，亦可说，都

大多数人其实根本不是在生活，他们就像是珊瑚附在礁石上，只是附在生活上，而且这些人比那些原始生物还可怜得多。他们没能抵御波涛中坚固的岩石。他们只分泌腐蚀性的黏液，使自己更加软弱孤独。

快乐未必是怕死的重大原因，或者舍不得人世的苦辛也足以叫人留恋这个尘世吧。

不能使今天充实的人，也就不能使明天的鲜花盛开，不能珍惜每一瞬间的人，即使嘴边挂着多么伟大的百年大计，也不过是画饼充饥。

我们就像一盏盏灯，我们也是点着了以后又被熄灭的。在点着的这段时间里，我们遭受一点痛苦，但在这之前和之后，都有着深刻的宁静。

是为社会而做的。所以他所做的事，在他的了解中，都是社会的事，这就是说，他所做的事，对于他，都是社会的意义。人的才有大小，命运有好坏，在道德境界中的人，就其才之所能，命运之所许，尽力以做其所能做及所应做的事。无论他所做的事是大是小，都尽其力之所能，以使其成功。他于做他所做的事时，无论其是大是小，他都自觉，他是在"承先启后""继往开来"。他所做的事，无论其是大是小，对于他的意义，都是"为往圣继绝学，为万世开太平"。于此等的意义中，他自觉地在精神上，上与古代相感通，下与后世相呼应。孔子说："文王既没，文不在兹乎！"这是孔子自觉他在精神上，上接先王。孟子说："圣人复起，不易吾言。"这是孟子自觉他在精神上，下接后圣。陈子昂诗："前不见古人，后不见来者，念天地之悠悠，独怆然而涕下。"在道德境界中的人，则前亦见古人，后亦见来者，往古来今，打成一片。在这一片中，他觉解他的个体的死亡，并不是十分重要的。如此，他不必设法对付死，而自可不受死的威胁。……在道德境界的人，不注意死后，只注意生前。只注意于使其一生行事，皆充分表现道德价值，使其一生，如一完全的艺术品，自始至终，全幅无一败笔。……在道德境界的人，于必要时，宁可牺牲其身体的存在，而不肯使其行为有在道德方面的不完全。……照在道德境界中的人的看法，一个人于未死之前，总有他所应做的事。这些事，他如不用心注意去做，都有做错的可能。所以在未死之前，无论于何时何地，他都应该兢兢业业，去做他所应该做的事。直到死，方可休息……

对于在天地境界中的人，生是顺化，死亦是顺化。知生死都是顺化者，其身体虽顺化而生死，但他的精神上是超过死的。

我们说：在天地境界中的人，在精神上可以说是超死生的。我们并不说：人的精神可以超死生。人的精神不能离开身体而存在。身体既不能超死生，则精神亦不能超死生。所以我们不能说，人的精神，可以超死生，而只能说，人在精神上可以超死生，所谓人在精神上可以超死生者，是就一个人在天地境界中所有的自觉说。他在天地境界中自觉他是超死生的。若其身体不存，他固亦无此自觉。但此自觉使其自觉，不但身体的存亡，对于他不重要，即有此自觉与否，对于他亦不重要。

所以在天地境界中的人，无所谓怕死不怕死。有意于不怕死者，仍是对于死生有芥蒂。伊川云："邵尧夫临终时，只是谐谑，须臾而去。以圣人观之，则犹未是，盖犹有意也；比之常人，甚悬绝矣。他疾革，颐往视之，因警之曰：'尧夫平日所学，今日无事否？'他气作不能答。次日见之，却有声如丝发来，大答云：'你道在姜树上生，我亦只得依你说。'"伊川疾革，门人进曰："先生平日所学，正今日要用。"伊川曰："道著用便不是。""道著用"亦是有意。所谓有意，亦谓对于死生尚有芥蒂。

（限于篇幅，本文略有删节）

死亡

叔本华

人类，因为具备理性，必然产生对死亡的恐惧。但一般而言，自然界中不论任何灾祸都有它的治疗法，至少有它的补偿。由于对死亡的认识所带来的反省致使人类获得形而上的见解，并由此得到一种慰藉。所有的宗教和哲学体系，主要即为针对这种目的而发，以帮助人们培养反省的理性，作为对死亡观念的解毒剂。

然而，由于死亡的种种教训，却使一般人——至少欧洲人，徘徊于死亡是"绝对性破灭"和"完全不灭"的两种对立见解之间。这两者都有错误，但我们也很难找出中庸之道的见解。因此，莫若让它们自行消灭，另觅更高明的见地吧！

我们先从实际的经验谈起。——首先，我们不能否定下列事实：由于自然的意识，不仅使人对个人的死亡产生莫大的恐惧，即使对家族之死亦哀恸逾恒。而后者很明显并非由于自身的损失，而是出于同情心，为死者的遭遇大不幸而悲哀。倘使在这种场合下，不掉几滴泪，表示一些悲叹之情，便要被指责为铁石心肠、不近人情。因此，倘若复仇之心达到极点，能加诸敌人的最大灾祸，便是把敌人置于死地。

从上述来看，死亡便是最大的灾祸，死亡意味着毁灭，以及生存的无价值。死亡的恐惧实际是超然独立于一切认识之上的。人类的最大灾祸便是死亡的威胁，我们最大的恐惧来自对死亡的忧虑，最能吸引我们关心的是他人生命的安危，最害怕看到的便是执行死刑。但是，倘若我们因惧怕死亡而惶惶不可终日，为这短暂的时间而太过忧愁，为自己或他人的生命濒临危险而大感恐惧，或创作一些把主题放在死亡的恐怖、使人感到惶恐悚惧的悲剧，实在是再愚蠢不过的事。

人类对于生命的强烈执著，是盲目而不合理的。因为，我们在未出生前，不知已经经过多少世代，但我们绝不会对它悲伤，那么，死后的非存在，又有什么值得悲伤的？我们的生存，不过是漫长无涯的生存中之一刹那的间奏而已，死后和生前并无不同，因此实在大可不必为此感觉痛苦难耐。倘若说对于生存的渴望，是因"现在的生存非常愉快"而产生，事实上并非如此。一般说来，经验愈多，进而对非存在的失乐园怀有更多憧憬。此外，在所谓灵魂不灭的希望中，我们不也时常企盼所谓"更好的世界"吗？——

这些，都能证明"现世"并没有多美好。话虽如此，世人却很热衷于谈论有关我们死后的状态问题，谈话原无可厚非，但若过分，则难免钻牛角尖。不幸的是，几乎所有的世人都犯这毛病。事实上，死后的无限时间和未出生前的无限时间，并没有什么不同，因而毫无值得恐惧之处。人既已不存在，一切与我们生存无关的时间，无论是过去抑或未来，都不再重要，为它悲伤，实在毫无来由。

伊壁鸠鲁斯对死亡问题有过这样的结论，他说："死是与我们无关的事情。"他注释说："因为我们存在时死亡不会降临，等到死神光临时，我们就又不存在了。即使丧失些什么，也不算是灾祸。"因此说，一切生物对死亡的恐惧和嫌恶，纯粹都是从盲目的意志产生，那是因为生物有求生意志，这种意志的全部本质有着需求生命和生存的冲动。此时的意志，因受"时间"形式的限制，始终将本身与现象视为同一，它误以为"死亡"是自己的终结，因而尽其全力以抵抗之。

生命，实际上对任何人来说都没有什么特别值得珍惜的。我们之所以那样畏惧死亡，并不是由于生命的终结，而是因为有机体的破灭。因为，实际上有机体就是以身体作为意志的表现，但我们只有在病痛和衰老的灾祸中，才能感觉到这种破灭；反之，对主观而言，死亡仅是脑髓停止活动、意识消失的一刹那而已，随之而来的所有波及有机体诸器官停止活动的情形，其实不过是死后附带的现象。因此说，不管死亡如何令人恐惧，其实它本身并不是灾祸。当生存中或自己的努力遭遇难以克服的障碍，或为不治之症和难以消解的忧愁所烦恼时，大自然就是现成的最后避难所，它早已为我们敞开，让我们回归自然的怀抱中。生存，就像是大自然颁予的"财产委任状"，造化在适当的时机引诱我们从自然的怀抱投向生存状态，但仍随时欢迎我们回去。当然，那也是经过肉体或道德方面的一番战斗之后，才有这种行动。大凡人就是这样轻率而欢天喜地地来到这烦恼多、乐趣少的生存中，然后，又拼命挣扎着想回到原来的场所。

　　无可否认，生死的决定应是最令人紧张、关心、恐惧的一场豪赌，因为在我们眼中，它关乎一切的一切，但永远坦率正直，绝不虚伪的自然。《圣婆伽梵歌》中的毗瑟笯，却向我们表示：个体的生死根本无足轻重，不管动物或人类，它只把他们的生命委之于极琐细的偶然，毫无介入之意。——看吧，只要我们的脚步在无意识中稍不留意，就可决定昆虫的生死；自然之对待人类与动物相同，在人类身上，个人的生死对于自然根本不成其为问题，因为我们本身亦等于自然。仔细想想，我们真应该同意自然的话，同样不必以生死为念。

　　诚然，人类由"生殖"凭空而来，基于此义，"死亡"也不妨说是归于乌有。但若能真正体会这种"虚无"，也算颇饶兴味了。因为这种经验性的"无"，绝不是绝对性的"无"。换句话说，只需具备一般的洞察力，便足可理解"这种'无'不论在任何意义下，都不是真正的一无所有，或者，只从经验也可看出，那是双亲的所有性质再出于子女身上，也就是击败了死亡。"

　　尽管永无休止的时间洪流攫夺了它的全部内容。存在于现实的却始终是确定不动而永远相同的东西，就此而言，我们倘若能以纯客观的态度来观察生命的直接进行，将可很清楚地看出：在所谓时间的车轮中心，有个"永远的现在"。——若是有人能同天地同寿，他便能观察到人类的全盘经过。

他将看到，出生和死亡只是一种不间断的摆动，两者轮流交替，而不是陆续从"无"产生新个体，然后归之于"无"。种族永远是实在的东西，它正如我们眼中所看到的火花在轮中的迅速旋转，弹簧在三角形中的迅速摆动一般，出生和死亡只是它的摆动而已。

佛陀常言："解开心灵之结。则一切疑惑俱除，其'业'亦失。死亡是从褊狭的个体性解脱出来的瞬间，而使真正根源性的自由得以再度显现。"基于此文义，这一瞬间也许可以视之为"回复原状"。很多死者之颜面呈现安详、平和之态，其故或即在此，看破此中玄机的人更可欣然、自发地迎接死亡，舍弃或否定求生意志。因为他们了解，我们的肉身只是一具皮囊而已，在他们眼中看来，我们的生存即是"空"。佛教信仰将此境界称之为"涅槃"，或称"寂灭"。

（刘烨　编译）

死   雅斯贝尔斯

一

生死，包含了一切有生命的此在。不过，只有人能知道。

自身的诞生，乃是无意识的事件。当生者意识到自身的时候，似乎以为从来就有，就像突然从睡梦中惊醒，虽然情景依稀却不得圆。当他人谈起他的出生时，他本人却没有可资唤醒的记忆，绝没有对此在之始的经验可言。

人人皆面临死亡。不过，既然我们不知何时

会死，也就这样活下去了，仿佛死亡根本不会到来一样。作为有生之物，我们本不相信死，尽管死对我们来说是千真万确的事。

仅就生命意识来说，是不知死的。只有关于死的知识，才会使死成为我们的现实。于是，边缘状态出现：最可亲爱的人以及自身将会停止此在。在我实存的意识中，要求对这种边缘状态作出回答。

二

我们说："凡是诞生的东西，也必然会死。"生物学认识，并不以此说为然，因为它想要知道"为什么"，想要能论证这种必然性的生命过程。人们想到了放慢寿命脚步的问题，甚至想到用控制可知死因的生命过程的方法来任意延长寿命。尽管人工延寿之法一再花样翻新，却根本避免不了死亡的发生，死是无可怀疑的。死亡也如性别一样，皆属生命范畴。两者俱属此在起源中的奥秘。

三

我们有对死亡的恐惧。但是，对作为虚无的死的恐惧与以死为终的垂死的恐惧，却是全然不同的两回事。

对垂死的恐惧，也就是对肉体痛苦的恐惧。这种垂死状态不等于死，垂死之时百痛俱在，生命亦可再生。"我已死过多次"，病人会说出这样的话。不论我们对垂死的阅历多么丰富，垂死也不等于就是死本身。不管受过什么样的痛苦折磨，这始终都是活人遭受的苦难，而死本身则是不可经验的。

垂死的自然进程，可以是无痛苦的，可以表现为猝死。那时，死亡来得十分突然，根本意识不到。死，可以是不断衰竭的后果，也可以是睡眠的不知不觉。疾病所带来的痛苦也可以用药加以缓解。由于垂死是心理肉体的现实，所以肯定可以借助生物药物学的进步而无痛苦地进行。害怕垂死与害怕死亡截然不同，如果认为死亡即是继生命消失而来的现象的话。任何医学治疗都不能解脱对死亡的恐惧，要想解脱就只能依靠哲学。

<h2 style="text-align:center">四</h2>

设想死亡状态，这是办不到的、徒劳的。死亡无任何经验可言，无任何征象可现。任何人都不可能从死中回归。因此，把死亡设想为非存在，也就是虚无。

对死的恐惧其实也就是对虚无的恐惧。但是，虽然如此也不能消除这样的观念：死后状态是另一种存在。终结后的虚无，并不是真正的虚无，一个未来的此在正等着我们，因此，对死亡的恐惧也就是对死后来者的恐惧。

这两种恐惧——对虚无的恐惧与对死在状态的恐惧——都是没有根据的。虚无，只有相对时间现实来说才是虚无。而另一个我们想必没有对其心怀恐惧的现实此在。那么不死性意识难道会因之而失灵吗？

五

亲人之死、亲人肉体的离去乃是"永劫不复"的无名之痛，就像那崇高的时辰一样也会转化为永恒的现在意识。

凭借继续在他人记忆中存在；凭借在家族中的永生；凭借青史留名的业绩；凭借彪炳历代的光荣——凭借这些都会令人有慰藉之感，但都是徒劳的。因为，不仅我之在、他人之在会有终结之日，就是人类以及人类所创造、所实现的一切皆有尽时。终结，沉陷在忘却之中，仿佛从未有过。复活的许诺，对无此信仰者算是白搭。复活信仰者说："死亡是真。"人的终结就是尸体和尸体的腐烂。终结不会留下任何东西。如若要人不死，就要在肉体中再生，这种现象必然出现。死者通过上帝的行为而再生，上帝会令其连同肉体再次恢复元气。上帝会令死者从坟墓中复活，以便在世界末日来临时前去受审。凡不信仰肉体复活说者，则此说对其存在意识不起作用。

但是，永恒化的激情却不是没有意义的。存在于我们中的某物，不可能信仰有可破的存在。不论它是何物，令其明晰可见——这就是哲学的使命。

在作如此思维之初务须明白：对时间上继续存在的激情，属于此在——要求永恒的意志，完全是某种别的东西。这种永恒，只能以我进行思考的方式来思维。

（张念东　译）

论死亡

萨
特

　　首先应该明确的是死的荒谬性。在这种意义上，
所有想把它看做一种旋律结尾的最终和弦的企图都
应当严格地被排除。人们常说我们处在一个被判决者
的处境中，处在一群不知其被处决日期的被判决者之
中，但是他们每天都看见他的难友被处决。这种说法
并不完全准确：毋宁应该把我们和勇敢地准备迎接最
后的极刑的被判死刑者相比，他竭尽全力使自己在上
断头台时有一副从容的面孔，而在此期间西班牙流行
感冒夺去了他的生命。这就是基督教格言曾包含着
的东西，它要求人们准备去死，就好像死随时都可

能到来一样。于是，人们希望在把死变为"被等待的死"的过程中把它收回。如果我们生命的意义变成了等死，事实上，死在突然到来时，就只能在生命上盖上自己的印记。其实，这就是说，在海德格尔的"坚定的决心"（Entschlos Serheit）中还有更加肯定的东西。可惜，这是一些说起来容易做起来难的建议，这并不是由于人的实在的一种自然的弱点或者不确定的原始谋划，而是由于死本身。事实上，人们能等待一种特殊的死，而不能等待死本身。

　　但是，死丝毫不能被等待，如果它不是特别精确地被指定为我的死刑的话（死刑八天以后执行，我知道我的病不久就会发生突然的恶化，等等），因为它只不过揭露了一切等待的荒谬性，尽管恰恰就是它的等待。事实上，首先应当仔细地区别人们在这里混淆的等待的两种意义：预料死不是等待死。我们只能等待一个决定了的结局，而同样决定了的过程正在实现它。我能够等待查尔特来的火车，因为我知道它已经离开了查尔特车站，因为车轮的每一次旋转会使它靠巴黎火车站近一步。当然，它可能会晚点，甚至也可能发生一次车祸，但是，将会实现的进站这个过程本身仍然"在进行中"，那些能够推迟或者取消这次进站的诸种现象，在这里仅仅意味着这过程是一种相对封闭的和相对孤立的体系。于是，我能够说我等待皮埃尔，也能说"我预料他的火车会误点"。但是精确地说，我的死的可能性仅仅意味着我在生物学意义上说是一种相对封闭的系统和相对孤立的系统，它仅仅指出了我的身体是归属于存在物的整体。这种可能性是火车可能晚点类型的，而不是皮埃尔到达的类型的。它是属于不可预测的。它的发生不可能在任何日子里被验证，因此也不能够被等待。也许，当我在这个房间里平静地写作的时候，宇宙的状态是这样的：我的死显然已经非常逼近了，但是也许相反，它已经明显地远离了。比方说如果我等待一个征兵动员令，我能够认为我的死临近了，也就是说一种临近的死的机会大大地增加了，但是也可能恰恰是在这同一时刻，一个国际会议正在秘密召开，它也许已经找到一个维持和平的方法。于是，我不能够说过去的每一分钟都在使我更靠近死。如果我完全从整体上来考虑，那么我可以说流逝的每一分钟的确是在使我和死亡靠近，我的生命是有限的。但是，在这些非常有弹性的限制之内，我不可能知道在这个期限内死在事实上是向我靠近还是离开我。因为老年人活到年限死去和我们在成年或青年时期的突然死亡之间有质的巨大区别。等待第一种死，就是承认生命是一种被限制的事业，是选择有限性和在有限性的基础上挑选我们的目的的方法之一。等待第二种死，就将是等待我的生命成为一项失败的事业。如果只存在老年的死（或者明显判处的死），我将能等待我的死。但是，死亡的本义恰恰就是：它总是能提前在这样或那样一个日子里突然出现在等待着它的人们面前。

死永远不是将其意义给予生命的那种东西。相反，它正是原则上把一切意义从生命那里去掉的东西。如果我们应当死去，我们的生命便没有意义，因为它的问题不接受任何解决方法，因为问题的意义本身仍然是不确定的。

求助于自杀来逃避这种必然性是徒劳的。自杀不能被认为是以我作为自己基础的生命的终止。事实上，作为我的生命的活动，自杀本身要求一种只有将来才能给予它的意义。但是，由于它是我的生命的最后一个活动，它排斥了这个将来，因而，它仍然是完全不确定的。如果我事实上逃避了死，或者如果我"自杀未遂"，我后来会不会把我的自杀判断为一种懦弱呢？结局不能向我表明另外的结果也是可能的么？但是，由于这些结果只能是我自己的谋划，所以它们只能在我活着的时候显现出来。自杀是一种将我的生命沉入荒谬之中的荒谬性。

人们将看到，这些看法不是从对死亡的考察中得出的，而是相反，是从对生命的考察中得出的。一种对死的等待能够意味着什么呢？对死的等待本身毁灭了，因为它将是对一切等待的否定。我向着一个死的谋划是可以理解的（自杀，烈士，英雄主义），但是作为不再在世界上实现其现在的未定可能性的我的死的谋划是不可理解的，因为这个谋划将是所有谋划的毁灭。于是，死不能是我固有的可能性，它甚至不能是我的可能性之一。

在审判的那天，兄弟俩一同出现在圣庭上，哥哥向上帝说："你为什么让我这么年轻就死去？"上帝回答说："为了拯救你。如果你再活长些，你就会犯一次罪，就像你的兄弟一样。"那么，轮到他的兄弟来问："你为什么让我这么老才死？"如果死不是我们的存在的自由决定，那么它便不能决定我们的生命，多活一分钟或少活一分钟，一切就可能改变。如果这一分钟被加到我的账目中或者被夺走，甚至在承认我能自由地使用它时，我的生命的意义也离开了我。然而，基督教式的死是来自上帝的：上帝选择我们的死期。按一般的方式，我清楚地知道，即使在我自我时间化一般地使一些分钟和一些小时存在，我死的那一分钟也不是由我确定的：它是由世界的程序决定的。

如果是这样的话，我们甚至不再能说死从外面把意义给予生命：意义只能来自主观性本身。既然死不是在我们的自由的基础上出现的，它只能将全部意义都从生命中去掉。如果我是等待的等待的等待，如果我的最后的等待的对象和在等待的对象都被取消了，等待就在追溯往事时获得其荒谬性。

（周煦良等　译）

蒙　田

不用惧怕死亡（节选）

学习死亡

西塞罗说，探究哲理就是为死亡做思想准备，因为研究和沉思从某种意义上说可使我们的心灵脱离躯体。心灵忙忙碌碌，但与躯体毫无关系，这有点像是在学习死亡，与死亡很相似。抑或因为人类的一切智慧和思考都归结为一点：教会我们不要惧怕死亡。的确，理性要么漠不关心，要么应以满足我们为唯一的目标。总之，理性的全部工作在于让我们生活得舒舒服服，自自在在，正如《圣经》上说的那样。因此，世界上形形色色的思想，尽管采用的方法不同，都一致认为快乐是我们的目标，否则，它们一出笼就会被攫走。谁能相信会有人把痛苦作为目标呢？

在这个问题上，各哲学派别的看法分歧仅仅是口头上的。"赶快跳过如此无聊的诡辩。"过分的固执和纠缠是与如此神圣的职业不相符的。但是，不管人们扮演什么角色，总是在演自己。不管人们说什么，即使是勇敢，瞄准的最终目标也都是快感。"快感"一词听来很不舒服，但我却喜欢用它来刺激人们的耳朵。如果说快感即极度的快乐和满足，那勇敢会比其他任何东西更能给人以快感。勇敢给人的快感强健有力、英武刚毅，因而那是严肃的精神愉快。我们应该把勇敢称作快乐，而不像从前那样叫做力量，因为快乐这个名称更可爱、更美妙、更自然。其他低级的快感，即使无愧于快乐这个漂亮的名称，那也该参与竞争，而不是凭特权。我觉得，那种低级的快感不如勇敢纯洁，它有诸多的困难和不便。那是昙花一现的快乐，要熬夜、挨饿、操劳和流血流汗，尤其是种种情感折磨得你死去活来，要得到满足无异于在受罪。千万别认为，这些困难可以作为那些低级快感的刺激物和作料，正如在自然界万物都从对立面中汲取生命一样，也绝不要说，困难会使勇敢垂头丧气，令人难以接近、望而却步，相反，勇敢产生的非凡而完美的快乐会因为困难而变得更高尚、更强烈、更美好。有人得到的快乐与付出的代价相互抵消，既不了解它的可爱之处，也不知道它的用途，那他是不配享受这种至高无上的快乐的。人们反复对我们说，追求快乐困难重重，要付出艰辛，尽管享受起来其乐无穷，这岂不是说，快乐从来也不是乐事吗？他们认为人类从来也没有办法获得这种快乐，最好的办法也只满足于追求和接近它，却不能得到它。可是，他们错了，汲汲于我们所知的一切快乐，这本身就是件愉快的事。行动的价值可从相关事物的质量上体现出来，这是事物的重要组成部分。在勇敢之上闪烁的幸福和无上快乐填满了它的条条通道，从第一个入口直到最后一道栅门。然而，勇敢的丰功伟绩主要是蔑视死亡，这使我们的生活恬然安适、纯洁温馨，否则，其他一切快乐都会暗淡无光。

　　因此，所有的规则都在蔑视死亡上面相遇会合。尽管这些规则一致地引导我们不怕痛苦、贫穷和人类其他一切不幸，但这同不怕死不是一回事。痛苦之类的不幸不是必然的（大部分人一生不用受苦，还有些人无病无痛，音乐大师色诺菲吕斯活了一百零六岁，却从没有生过病），实在不行，如果我们愿意的话，可以一死了之，这样一切烦恼便可结束。但死亡却是不可避免的。

　　如果我们怕死，就会受到无穷无尽的折磨，永远得不到缓解。死亡无处不在，"犹如永世悬在坦塔罗斯头顶上的那块岩石"，我们可以不停地左顾右盼，犹如置身于一个可疑之地。

　　人们常常误入陷阱，这是不足为怪的。只要一提到死，人们就倏然变色，大多数人听到死如同听到魔鬼的名字，心惊胆战，惶恐不安。

　　现在就操心如此遥远的事，是不是有点荒唐？这怎么是荒唐！年老的会死，年轻的也会死。任何人死时同他出生时没有两样。再衰老的人，只要看见前面有玛土撒拉，都会觉得自己还能活二十年。再说，你这可怜的傻瓜，谁给你规定死期了？可别相信医生的胡言乱语！好好看一看事实吧。按照人类寿命的一般趋势，你活到现在，够受恩宠的了。你已超过常人的寿命。事实上，数一数你认识的人中，有多少不到你的年龄就死了，肯定比到这个岁数时还活着的要多。就连那些一生声名显赫的人，你不妨也数一数，我敢保证，三十五岁前要比三十五岁后去世的多。耶稣基督一生贵为楷模，但他三十三岁就终结了生命。亚历山大是凡人中最伟大者，也是在这个年龄死的。

死神在哪里等待我们，是很难确定的，我们要随时随地恭候它的光临。对死亡的熟思也就是对自由的熟思。谁学会了死亡，谁就不再有被奴役的心灵，就能无视一切束缚和强制。谁真正懂得了失去生命不是件坏事，谁就能泰然对待生活中的任何事。

我反复对自己说："未来的一天可能发生的事，今天也可能发生。"确实，意外或危险几乎不可能使我们靠近死亡。但是，如果我们想一想，即使这个最威胁我们生命的意外不存在，尚有成千上万个意外可能降临我们头上，我们就会感到，不管快乐还是焦虑，在海上还是在家里，打仗还是休息，死亡离我们近在咫尺。一个人不会比另一个人更脆弱，也不会对未来更有把握。

死亡能解除一切痛苦，为死亡犯愁何其愚蠢！

你经历的一切，都是向生命索取的。这其实是在损害生命。你的生命不懈营造的就是死亡。你活着时就在死亡中了，因为当你不再活着时，你已经死了。

抑或，你更喜欢活过后才死。但你活着时就是个要死的人。死神对垂死者的打击比对死者更严酷、更激烈，也更本质。

你若已充分享受了人生，也就心满意足，那就高高兴兴地离开吧。

假如你没有好好利用人生，让生命白白溜走，那么失去生命又有什么要紧？你还要它干什么？

生命本无好坏，是好是坏全在你自己。

你活了一天，就看到了一切。一天就等于所有的天。不会再有别的光明和黑夜。这个太阳，这个月亮，这些星星，这一切布局曾照耀过你的祖宗，还将沐浴你的子孙。

你的生命不管何时结束，总是完整无缺的。生命的用途不在于长短，而在于如何使用。有的人活得很长，却几乎没活过。在你活着时，要好好地生活。你活了很久，这在于你的意愿，而不在于你活的年头。你曾认为，你不懈地前往的地方，永远也走不到吗？可是，哪条路没有出口呢？

世界万物不是都和你同步吗？许多东西不是和你一起衰老吗？在你死去的那一刻，多少人，多少动物和生灵也在与世长辞！

第一个哲学家泰勒斯明白了一个道理：生与死没什么区别。因此，当泰勒斯被问及他为什么不死时，他聪明地回答说："因为都是一样的。"

死是一种自由

菲利普率领军队开进伯罗奔尼撒半岛，有人向达米达斯报告，倘若斯巴达人得不到他的宽宥，将会非常痛苦。他回答："懦夫，死都不怕的人还痛苦什么？"也有人问埃吉斯，一个人怎样才能活得自由，他说："不怕死。"这些话以及在这个话题上听到的类似的千言万语，显然说明除了耐心等待死日来临之外还有别的什么，因为人生中有不少事情要比死更难忍受。比如这名被安提柯俘虏、随后又被出卖当奴隶的斯巴达少年，主人逼迫他干贱活，他说："你马上会看到你买来了什么，自由就在眼前，要我供你使唤，对我简直是个耻辱。"说着这话他从屋顶纵身跳了下来。安蒂珀特凶狠地威胁斯巴达人就范，他们回答："要是你威胁我们做的事比死还坏，我们还不如去死。"当菲利普下书说他会阻止他们的一切企图，他们又说："什么！你阻止得了我们死吗？"

俗语说，贤人应该活多久是多久，不是能够活多久是多久；还说，大自然赐给我们最有利的并使我们不必埋怨自己处境的礼物，就是那把打开土地之门的钥匙。大自然规定生命的入口只有一个，生命的出口却有成千上万。

我们可能没有足够的土地生存，但是总有足够的土地死亡。像博约卡吕斯对罗马人说的，我们绝不会嫌少的。你为什么埋怨这个世界？它又不留你。如果你艰苦度日，原因全在于你的懦弱，死不死全凭你的意愿：

　　　到处是归程：这是上帝的恩赐，人人都可夺去一个人的生命，然而无人能够免除一个人的死亡：千条道路畅行无阻。——塞涅卡

死亡不是治一病的药方，而是治百病的药方。这是一座可靠的港口，只要用心去找，不用怕找不到。人自己创造末日，还是忍受末日；走在日子前面，还是等待日子来临，结局都是一样的。末日不论来自何方，总是他的末日。线不论断在哪儿，必然全线松散。

　　心甘情愿的死是最美的死。生要依赖他人的意图，死只取决本人的心愿。在一切事物中，什么都不及死那么适合我们的脾性。声誉也影响不了这么一件大事，不作如是想的人是丧失了理智。死的自由若要商量，生命无异是一种奴役。

　　斯多葛派说，生活顺其自然，对于贤人来说，也就是在幸运时刻选择适当的机会离开人间。愚人尽管处境不妙，只要他们所说的大部分东西合乎自然法则而存在，还是迷恋于生命。

　　我取走自己的财产，割破自己的钱包，我不算犯盗窃罪；我烧毁自己的树林，我也不算犯纵火罪；因而我剥夺自己的生命，也不会被判谋杀罪。

　　赫格西亚斯说，生的条件与死的条件都应该取决于我们的意愿。

　　哲学家斯珀西普斯长期患水肿病，要由人抬着行动，遇到第欧根尼，对他喊："第欧根尼，祝你有福！"第欧根尼回应说："你不会有福，落到这个地步还在苟延残喘。"

　　确实，不久以后，斯珀西普斯不堪忍受生活的磨难，自杀了。

　　但是这也不是没有不同的看法的。因为许多人认为我们由上帝安排在这里，不能没有他的正式命令而擅离世界这个岗位，上帝派我们来的目的不仅是为了我们，而是为了他的荣耀和为别人服务，到时候他会批准我们离开的，不应该由我们自己做主。我们不是为自己而生的，而是为我们的国家，法官会从法律的利益要我们解释，又以杀人罪对我们起诉。不然，我们会在这个世界或另一个世界像渎职者那样受到惩罚。

轻生不是美德

为了避开命运的鞭挞，找一只洞穴和一块墓碑躲起来，这不是美德的行为，而是怯懦的行为。不论风暴如何强烈，美德决不半途而废，会继续走自己的道路。

任凭天崩地裂，美德岿然不动。——贺拉斯

经常，为了躲避其他不幸而使我们落入这个不幸，甚至偶尔为了躲避死亡却使我们奔向死亡。

我要问的是，怕死而死，岂不是疯上加疯？——马尔希埃

就像害怕悬崖又朝悬崖扑过去的人：

许多人害怕未来的不幸，反而遇到更大的危险：最勇敢的人既敢正视迎面而来的危险，也善于避开这些危险。——卢卡努

害怕死亡使人对生命和光明充满厌恶，绝望之际会一死了之，忘了他们的苦难实际正是害怕死亡而引起的。——卢克莱修

柏拉图在《法律》一书中主张，人人都是自己最亲近的朋友，既没受

公众评论的压迫，也没受命运的可悲和不可避免的摧残，更没有遭到不可忍受的耻辱，而让胆小怕事、怯懦软弱去剥夺那个最亲近的朋友的生命，切断岁月的延续，这样的人应该得到可耻的葬礼。

轻生的思想是可笑的。因为我们的存在才是我们的一切，除非另有一个更可贵、更丰富的存在可以否定我们的存在，但是我们自我轻视、自我鄙薄是违反自然的，这是一种特殊的病，在任何其他生物中看不到这种相互憎恨、相互轻视的现象。

我们渴望脱胎换骨，做其他别的什么，同样是一种妄想。这种渴望正因为自相矛盾和无法实现，其结果也跟我们无关。谁渴望把自己改变成天使，并不会给自己带来什么，也不会使自己变得更好。因为，他自己已不存在，谁还对他的改变感到高兴和激烈呢？

　　谁要体验未来的痛苦和磨难，那么在这场痛苦来临时他也必须存在。——卢克莱修

我们以死的代价来换取这一生的安全、麻木、无动于衷、免除痛苦，这不会给我们带来任何好处。不能享受和平的人，避开了战争也是一场空。不能体验安闲的人，避开了劳苦也是枉费心机。

持第一种看法的人，对下述一点相当没有把握：什么样的时机算是一个人决心自杀的适当时机？他们称这是"理性的出路"。因为虽然他们说使我们死的原因无足轻重，让我们生的道理也并不充分，然而这里面必然有一个尺度。

　　还有，人间总有那么多出其不意的突变，很难说我们怎样才算是到了穷途末路。

　　古人说："人只要一息尚存，对什么都可抱有希望。"塞涅卡说："是的，为什么我的头脑中记得的是这句话：命运可为生者做一切，而不是另一句话：命运不能为要死的人做什么。"

　　我们还看到乔西夫斯陷入迫在眉睫的危险境地，全体人起来反对他，从情理来说他不可能有任何脱险的机会。然而，像他说的，这时刻他的一位朋友劝他自杀，他决不气馁，抱着最后的希望，因为事情违反一切情理，出现了转机，使他摆脱了困境，毫发无损。卡西乌斯和布鲁图则恰恰相反，只是事出仓促和鲁莽，过早地结束了自己的生命，而把他们有责任保卫的罗马自由政体毁于一旦。我看到在猎狗的利齿下逃脱的兔子何止一百。"有人比他的屠夫活得久"。

　　但是人们有时渴望死是为了希望得到更大的好处。

　　圣保罗说："情愿离世与基督同在。""谁能救我脱离这求死的身体呢？"克利奥姆布罗特斯·安勃拉西奥塔读了柏拉图的《斐多篇》后，那么迷恋来世，不由分说就纵身投入海中。从中可以看出，我们常把这类自愿消亡称为绝望是多么不恰当，经常是热诚的希望或沉着的修养和内心的渴慕才使我们这样做的。

　　免受难以忍受的痛苦和更为悲惨的死，使人提前离开人世，在我看来是最可得到谅解的理由。

（潘丽珍　译）

毛姆

人死了之后

不一定相信上帝才相信不朽，但两者是难以分割的。即使朦胧地以为人死后依然存在，期望人的精神在脱离肉体后，融合在总的精神之中，也只有否认上帝的灵验和价值的人，才可能不把上帝的名字加在总的精神上面。而且实际上，我们知道，这两个概念是那么紧密地联系在一起，人们总是把人死后的继续存在视为上帝对付人类的最有力的手段。它使仁慈的上帝得以快活地奖赏好人，使有复仇心的上帝得以满意地惩罚坏人。

关于不朽的各种理论相当简单，不过，即使

它们不是毫无意义，也没有多大力量，除非首先肯定上帝存在的前提。我还是要把它们列举出来。

一种理论是以人生的不足为基础：我们渴望完成自己的意愿，可是世事的影响，加上我们自己的局限，使我产生一种挫败感，指望来世得以弥补。所以歌德虽然大有所为，还是觉得自己有许多事情要做。与此接近的另一种理论是以愿望为出发点的：假如我们相信不朽，假如我们有此愿望，那不就说明它是存在的吗？我们对于不朽的渴望，只能从它有可能获得满足来理解。还有一种理论，强调人们鉴于笼罩这世界的不公正和不平等而产生的义愤、痛心和困惑。坏人似月桂树般青枝绿叶、根深叶茂。正义要求另一世人生，在那里罪人受罚，好人受赏。罪恶只有在来世用善来补偿才能抵消，上帝自己也需要不朽来维护他的道，使之施行于人。

此外还有一种唯心主义的理论：意识不可能因死亡而熄灭，消失意识是不可思议的，因为只有意识才能意识到意识的消失。接下去它声称，价值是只对心灵存在的，而且要求一个至高无上、十足认识它的心灵。如果上帝是爱，人对他有价值，那就无法相信上帝觉得有价值的东西怎么会任其毁灭。但在这一点上，显出有一定的含糊。一般经验，尤其是哲学家们的一般经验告诉我们，大多数人都是平平常常的。不朽这个概念太伟大，用不到凡夫俗子头上去。这些人太渺小，既不消永恒的惩罚，也不配永恒的赐福。因此，有些哲学家提出一种见解：有可能达到精神上完善的人将享受一定限制的继续存在，直到他们有机会达到他们能够达到的完善，然后获得他们祈求的消亡，而没有这可能的人则一下子就被仁慈地消灭了。

但是我们探究一下，在这个情况下须有怎样的素养的人才能享受这有限的再生的福运，我们会失望地发现除了哲学家们之外，不大有人具有这样的素养。

　　然而我们不禁要疑问，那些哲学家获得了他们的赏赐，将如何过日子，因为他们在地球上居留期间从事研究的问题，想来早已得到适当的解答。我们只能设想，他们将到贝多芬那里去学钢琴，或者在米开朗琪罗的指导下学画水彩画。除非这两位大师的脾气都大大改变了，否则他们会觉得他们暴躁得叫人受不了的。

　　你接受一种信仰，所根据的理论有多大力量，有一个极好的测定方法，那就是问你自己在同样有力的理由之下，你会不会采取一项重要的实际行动。例如，你是不是会单凭耳闻，未经律师验看房契，未经检查员检验下水道，就买下一幢房子？关于不朽的各种论点，分开来看，固然都难以站得住脚，合在一起也同样没有说服力。它们有吸引力，一如房地产公司在报纸上刊登的广告，可是对于我却至少并不比那些广告有更大的吸引力。

　　我觉得无法理解，躯体的基础既已毁掉，怎么精神还能依然存在？我坚信我的肉体和我的心灵是相互依存的，所以不相信我的精神脱离了我的躯体会在任何意义上是我自己的继续存在。即使人们能够说服自己，相信人的精神将继续存在于一种总的精神之中，那也没有多大安慰。满足于继续存在于人们提出的总的精神里的说法，无非拿空话来骗骗自己而已。唯一有意义的继续存在是一个人整个的继续存在。

　　　　　　　　　　　　　　　　　　　　　　（俞亢咏　译）

声　明

　　《我的生与死》是一本很有意义的书，也是编务繁重、工作难度很大的一本书。在编选时，为尊重文化名家的作品原貌，对于1949年以前作品中的部分字词，保留原样，未按当前的规范用法进行统一。特此说明。

　　经过选编者、本书责任编辑的努力，已经和入选本书的绝大部分作者和家属取得了联系。为免遗珠之憾，未能联系上作者或家属的几篇作品，不忍割爱，我们也选入书中。因此，敬请未联系上的作者或家属予以谅解，并及时与中国青年出版社联系，以便支付稿酬、寄发样书。

（京）新登字 083 号

图书在版编目（CIP）数据

我的生与死：文化名家话生死／马明博，肖瑶选编 .
—北京：中国青年出版社，2012.11
（文化名家系列）ISBN 978-7-5153-1224-8

Ⅰ . ①我… Ⅱ . ①马… ②肖… Ⅲ . ①散文集—世界 Ⅳ . ① I 16
中国版本图书馆 CIP 数据核字（2012）第 265685 号

责任编辑：彭宇珂
装帧设计：瞿中华

出版发行：中国青年出版社
社址：北京东四十二条 21 号
邮政编码：100708
网址：www.cyp.com.cn
编辑部电话：（010）57350504
门市部电话：（010）57350370
印刷：三河市君旺印装厂
经销：新华书店

开本：710×1000　1/16
印张：17.5
插页：9
字数：190 千字
版次：2012 年 12 月北京第 1 版
印次：2012 年 12 月河北第 1 次印刷
定价：35.00 元

本图书如有印装质量问题，请凭购书发票与质检部联系调换
联系电话：（010）57350337